아프리카인

L'Africain

by J.M.G. Le Clézio

Copyright ⓒ Editions Mercure de France, 2004
Korean Translation Copyright ⓒ MUNHAKDONGNE Publishing Corp., 2005

This Korean Edition is published by arrangement
with Les Editions Mercure de France through Sibylle Books Literary Agency.
All Rights Reserved.

이 책의 한국어판 저작권은 Sibylle Books Literary Agency를 통해
Les Editions Mercure de France와 독점 계약한 (주)문학동네에 있습니다.
저작권법에 의해 한국에서 보호를 받는 저작물이므로
무단 전재 및 무단 복제를 금합니다.

이 도서의 국립중앙도서관 출판시도서목록(CIP)은
e-CIP 홈페이지(http://www.nl.go.kr/cip.php)에서 이용하실 수 있습니다.
(CIP제어번호: CIP2005000937)

아프리카인

르 클레지오 소설 | 최애영 옮김

L'Africain

문학동네

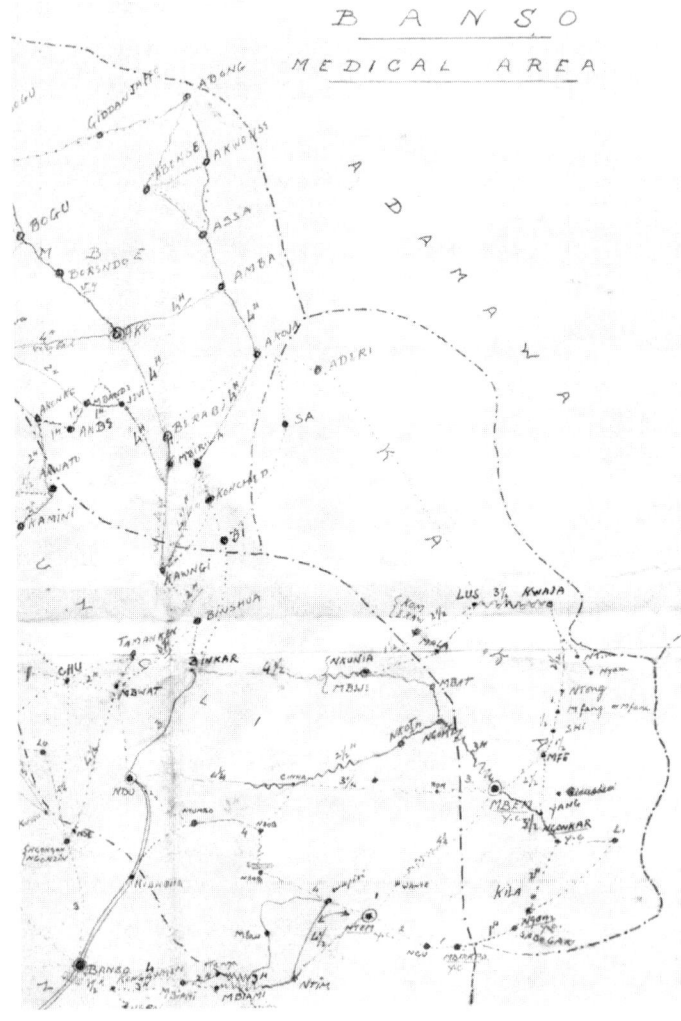

모든 인간은 한 아버지와 한 어머니의 결과다. 우리는 그들을 인정하지 않거나 사랑하지 않을 수 있고, 그들에 대해 의혹을 품을 수도 있다. 그러나 그들은 여기 존재하며, 그들 자신의 얼굴, 태도, 삶의 양식이나 기벽(奇癖)뿐 아니라 그들의 허망한 꿈, 희망, 손과 발가락의 모양, 눈과 머리카락의 색깔, 말투, 생각, 그리고 어쩌면 죽게 될 나이까지도 포함한 모든 것이 우리를 통과하며 흔적을 남긴다.

　오랫동안, 나는 어머니가 흑인이라고 상상해왔다. 아프리카에서 이 나라, 이 도시로 돌아왔을 때, 나는 아무도 알지 못했고, 이방인이 되어 있었다. 그 현실에서 도피하기 위해 난 어떤 이야기를, 어떤 과거를 혼자 지어냈던 것이다. 그리고 아버지가 은퇴할 나이가 되어 우리와 함께 살기 위해 프랑스로 돌아왔을 때, 나는 아프리카인은 바로 그라는 사실을 알게 되었다. 그것은 받아들이기 힘든 일이었다. 나는 과거로 돌아가 처음부터 다시 이해해봐야만 했다. 그리고 그 추억을 담아 이 작은 책을 썼다.

몸

태어나면서 부여받은 내 얼굴에 대해 하고 싶은 말이 있다. 우선, 나는 받아들여야만 했다. 그것을 좋아하지 않았다고 단정적으로 말한다면, 내가 아이였을 때 중요하지 않았던 그 얼굴에 중요성을 부여하는 격이 될 것이다. 그 얼굴이 싫었던 것은 아니었다. 그저 관심을 두지 않았고 피했을 뿐이다. 거울 속을 들여다보지 않기 때문이다. 생각해보면, 나는 몇 년간 한 번도 내 모습을 보지 않았던 것 같다. 사진 속의 나는 마치 누군가 나를 대신하고 있기나 한 듯, 시선을 다른 곳으로 돌리고 있다.

여덟 살 무렵 나는 서아프리카 나이지리아의 고립된 어느 지역에 살고 있었다. 거기에는 어머니와 아버지를 제외하면 유럽인이라곤 없었다. 어린아이였던 나의 세계에서 인류는 이보 부족과 요루바 부족으로만 이루어져 있었다. 우리는 '오두막'에서 살았다. 이 단어는 요즘 사람들에게는 충격적일 수도 있는 식민지적인 무언가를 담고 있지만, 영국 정부가 의무(醫務)장교를 위해 지은 관사를 잘 묘사하는 말이다. 바닥에는 시멘트 타일이 깔려 있고 사면의 벽은 석회칠도 하지 않아 시멘트 벽돌이 삭막하게 드러나 있었으며, 골진 함석지붕은 나뭇잎들로 덮여 있었다. 아무 장식 없는 벽에는 침대로 쓰는 해먹이 매달려 있었으며, 그나마 누릴 수 있었던 유일한 사치는 태양열로 뜨겁게 달구어진 지붕 위 물탱크에 쇠파이프를 연결해 샤워하는 것이었다. 그러니까 그 오두막에는 거울이나 그림 한 점 걸려 있지 않았고, 지금까지 살아왔던 세상을 일깨워줄 어떤 것도 없었다. 아버지가 벽에 걸어놓은 십자가상이 있었지만, 거기에 인간 형상을 재현할 만한 것은 없었다. 바로 그곳에서 나는 망각하는 법을 배웠다. 내 얼굴과, 주변 사람들의 얼굴이 모두 지워져버린 것은 오고자에 있는 그 오두막에 들어서는 순간부터였으리라.

그 시기부터, 말하자면 여러 개의 몸이 연이어 등장하게 된다. 나의 몸, 어머니의 몸, 형의 몸, 함께 즐겨 놀았던 이웃 사내애들의 몸, 길가나 집 주변이나 시장이나 강가에서 만나는 아프리카 여인들의 몸. 머리끝에서 발끝까지 한눈에 들어오는 전체적인 윤곽만을 말하려는 것이 아니다. 여인네들의 무겁게 처진 젖가슴과 그네들 등의 반들거리는 피부, 그리고 사내애들의 성기와 할례받은 선홍색 생식샘도 내 시야에 들어왔다. 아마 그들의 얼굴 또한 포함되어 있을 게다. 그러나 그것은 의례의 흔적과 상처들로 온통 흉지고 딱딱해져, 차라리 가죽으로 만든 가면 같았다. 게다가 볼록한 배, 피부 아래 기워진 조그만 조약돌 같은 배꼽단추, 살갗에서 풍기는 냄새, 그리고 그 촉감, 거칠지 않은, 온통 솜털로 뒤덮인 따뜻하고 엷은 피부도 내 세계로 들어왔다. 나는 수많은 몸들이 내 주변 아주 가까이 있는 듯하던 그 느낌을 지금도 간직하고 있다. 그것은 그전에는 전혀 몰랐던 새롭고도 친근한 무엇으로, 두려움이 들어올 틈을 주지 않았다.

아프리카에서 몸의 외설스러움은 찬란하기까지 하다. 그것은 내게 드넓음과 깊이를 가르쳐주었고 감각을 배가시켜주었으며, 내 주변의 인간들과 엮어주었다. 그 외설스러움은 이보 지방과, 아이야 강줄기와, 마을의 오두막과 황갈색 지붕들, 흙색 벽들과 조화를 이루고 있었다. 그것은 내 몸 안으로 들어오고자, 아바칼리키, 에누구, 오부두, 바테릭, 오그루드, 오부

브라 같은 지명(地名) 이상의 무엇을 의미하던 이름들 속에서 빛났다. 또한 그것은 도처에서 아주 가까이, 우리를 촘촘히 에워싸고 있던 우림(雨林)으로 이루어진 거대한 벽에도 스며들어 있었다.

어린아이들은 말[言]을 사용하지 않는다(그리고 말은 마모되지 않았다). 어린 시절, 나는 형용사나 명사에서 아주 멀리 떨어져 있었다. '감탄할 만한' '거대한' '절대력' 같은 말들은 할 줄도 모르고 생각조차 할 수 없었다. 하지만 느낄 수는 있었다. 곧게 뻗은 나무 줄기들이 내 머리 위로 닫힌 어두운 궁륭을 향해 얼마나 높이 치솟아 오르는지, 오고자에서 오부두로 가는 붉은 흙길을 핏빛 구멍 속에 가두어버리는 저 숲벽 터널이 얼마나 까마득한지, 그리고 마을의 숲속 빈터에서 땀으로 반들거리는 나체들과 여인들의 펑퍼짐한 몸매와 그네들 엉덩이에 대롱대롱 매달려 있는 아이들이 얼마나 친근하게 느껴지는지…… 그 모든 것은 거짓 없는, 일관된 하나의 총체를 이루고 있었다.

　나는 오부두로 들어가는 입구를 생생하게 기억하고 있다. 그늘진 숲에서 뻗어나온 도로는, 작열하는 태양 아래 그대로 노출된 마을로 곧장 들어간다. 아버지가 몰고 가던 자동차를 세운다. 어머니와 함께 관청에 신고할 것이 있어서였다. 나는 사람들 틈에 혼자 있다. 하지만 무섭지는 않다. 모자챙 밖으로 비어져나와 있는 내 머리카락과 팔 위로 여러 사람의 손들이 스쳐가며 나를 만진다. 내 주위로 몰려드는 사람들 가운데 한 노파가 보인다. 아직 나는 그녀가 노인이라는 사실을 모른다. 그렇긴 해도 맨 먼저 내 주의를 끌었던 것은 그녀의 나이인 듯하다. 그 정도로 그녀의 모습이 벌거벗은 아이들이나, 오고자에서 볼 수 있는 웬만한 서양식 차림의 남자나 여자들과는 달랐기 때문이다. 어머니가 돌아오자(그렇게 많은 사람이 몰려들자 막연히 불안했던 것 같다) 나는 그 노파를 가리켜 보였다. "엄마, 저 여자 왜 저래? 아픈 거야?" 나는 어머니에게 던졌던 그 질문을 기억하고 있다. 겹겹이 접힌 살과 쪼그라든 가죽부대 같은 주름투성이의 벗은 몸통, 배꼽까지 축 늘어진 물렁한 젖가슴, 윤기 없이 갈라진 연회갈색 피부, 그 모든 것이 기이하면서도 동시에 진실되게 보였다. 그 여인이 나의 할머니라는 것을 내가 어떻게 상상할 수 있었겠는가? 그러나 나는 공포심이나 동정심이 아니라 사랑과 관심을, 체험한 현실과 진실의 풍경이 불러일으키는 모든 감정을 느끼고 있었다. 나는 오직 이 질문만을 기억하고 있다. "저 여자 아픈 거야?" 지금까지도 그 질문은 묘하게 내 마음을 애태운다. 조금도 시간이 흐르지 않은 것처럼. 그러나 어머니의 대답은 나를 안심시킬 수 있었는지는 모르겠지만 약간은 거북스러운 것이었다. "아니 아프지 않아. 늙어서 그래." 늙음. 예나 지금이나 브래지어와 거들과 페티코트를 입는, 프랑스를 비롯한 유럽의 여성들은 일반적으로 노화로 인한 병을 앓지 않는다. 그래서 그 여인의 늙은 육체가 어린 나에게는 더욱 충격적이었을지도 모른다. 그 순진한 질문과 어머니의 노골적인 대답을 생각하면, 아직도 내 뺨은 풀무로 달군 듯 화끈거린다. 그 질문은 내 마음속에서 대답 없이 남아 있다. 아마도 그 질문은 그녀가 왜 그렇게 늙어서 마모되고 일그러져버렸는가가 아니라, 이런 것이었을 게다. 왜 사람들은 내게 거짓말을 했지? 왜 사람들은 내게 진실을 숨겼지?

　아프리카. 그것은 얼굴이기보다는 몸이었다. 감각의 폭력이자 욕구의 폭력이었으며, 계절의 폭력이었다. 그 대륙에 대해 내가 간직하고 있는 첫 기억은 극심한 더위 때문에 작은 수포들로 뒤덮여 있던 내 몸이다. 적도지방에 들어서는 문턱에서 백인들이 앓는 땀띠의 일종이었다. 몬로비아, 프리타운, 코나크리를 잇는 해안을 따라 천천히 항해하는 배 안에서 나는 선실의 간이침대 위에 벌거벗은 채 온통 탤컴 파우더*를 뒤집어쓰고 누워 있었다. 선실의 창은 습기 찬 대기를 향해 열려 있고, 나는 보이지 않는 관 속에 누워 있거나 그물로 낚은 후 밀가루 튀김옷을 입힌 생선이 된 느낌이었다. 이렇게 아프리카는 내게서 얼굴을 제거한 다음 몸을 돌려주었다. 고통스럽고 열에 달뜬 몸을. 그것은 프랑스 할머니 집의 나약한 부드러움 속에서는 은폐되었던, 본능도 자유도 없던 바로 그 몸이었다.

———————————

*여름철 목욕 후나 땀이 많이 나지 않도록 사용하는 분말 화장품.

　그 다른 세계로 나를 데려가던 배 안에서 내가 부여받은 다른 하나는 기억이었다. 그곳에 있는 아프리카 소년은 지나간 삶의 모든 것을 지워가고 있었다. 전쟁, 니스 아파트에서의 비좁은 생활(할머니가 하녀 마리아 없이 살 결심을 하지 못한 탓에 경사진 지붕 밑 꼭대기 층의 두 칸짜리 아파트에 여섯 명이 함께 살았다), 날마다 식량을 배급받던 것, 게슈타포의 눈을 피해 두려움에 떨며 산골 마을로 피신했던 일, 그 모든 것이 지워지고 사라지면서 비현실적으로 느껴졌다. 이제부터 나에게는 아프리카 이전과 이후가 존재할 것이었다.

오고자에서의 자유는 몸의 영역에 속하는 것이었다. 시멘트로 지은 중이층(中二層)의 테라스에 있노라면 시야는 무한대로 뻗어나갔다. 우리집은 그 위에 있었는데, 테라스는 마치 대양 같은 초원에 떠 있는 뗏목의 조종실처럼 느껴졌다. 기억을 떠올리려고 조금만 노력을 기울이면, 나는 우리집을 두르고 있던 모호한 경계를 재구성할 수 있다. 그곳을 사진 보듯 기억하고 있는 사람이라면, 여덟 살 소년이 그 속에서 볼 수 있었던 것에 놀랄 게다. 아마 난 어떤 정원을 그릴 것이다. 물론 관상용 정원은 아니다. 그 고장에 과연 관상용이라 할 만한 것이 존재하기나 했던가? 그곳은 유용성이 지배하는 공간이었다. 아버지는 망고나무, 번석류 나무, 파파야 나무 같은 유실수를 심었고, 발코니 앞으로는 오렌지나무와 라임나무를 심어 울타리를 쳤다. 개미들이 공중에 둥지를 틀어 알을 보호하기 위해 잎들 위에 솜털 같은 부드러운 물질을 온통 뒤엉클어놓아 나무 위에 바느질을 해놓은 것처럼 보였다. 집 뒤편 어디쯤 무성한 잡초더미 한가운데 암탉들과 뿔닭들을 치는 닭장이 있었다. 그 짐승들이 거기 있음을 알게 되는 건 오직 수직으로 날아오른 독수리들이 공중을 맴돌 때뿐이었다. 가끔 아버지가 소총을 높이 겨누고 독수리들을 향해 쏠 때도 있었다. 그래, 정원이라고 하자. 집에 고용된 일꾼들 가운데는 '가든 보이'라 불리던 자도 있었으니까. 우리집 영역의 다른쪽 끝에는 하인들, 그러니까 '보이'와 '스몰 보이' 그리고 요리사가 사는 오두막들이 있었던 것으로 기억한다. 어머니는 특히 요리사를 좋아했다. 그녀는 그와 함께 프랑스식 요리가 아닌, 땅콩죽이나 불에 구운 감자 혹은 우리가 일상적으로 먹던 참마 반죽으로 만든 '푸푸' 등을 식사로 준비했다. 때때로 어머니는 번석류 잼이나 파파야 절임 또는 직접 손으로 과일을 갈아 주스를 만드는 등, 요리사와 함께 갖가지 실험적인 요리 속으로 뛰어들기도 했다. 마당에서는 많은 아이들이 뛰어놀았다. 그들은 매일 아침 우리집에 와서 함께 재잘거리며 뛰놀다 해가 저물어야 돌아갔다.

이 모든 것이 아주 잘 조직된 식민지의 삶, 도시의 삶에 가깝거나 적어도 산업화되기 이전의 영국이나 프랑스의 노르망디식 시골을 느끼게 하는 삶을 떠올리게 할지도 모르겠다. 그러나 그것은 몸과 정신의 총체적인 자유였다. 집 앞에는 아버지가 근무하는 병원과 반대 방향으로, 한없이 드넓은 들판이

가벼이 굽이치며 펼쳐지기 시작했고, 그곳에 시선을 던지면 하염없이 빠져들었다. 남쪽으로는 크로스 강으로 흘러들어가는 아이야 지류의 안개 낀 계곡과 오고자, 이자마, 바윕 마을 쪽으로 난 경사로가 뻗어 있었다. 북쪽과 동쪽으로는 커다란 흰개미들이 여기저기 성을 짓고 진을 친 광활한 야생의 평원을 볼 수 있었다. 평원은 개천과 늪에 의해 여러 갈래로 갈라져 있었고, 이로코나 오쿠메 같은 거대한 나무로 이루어진 숲 초입에 이르면 전체를 하나로 감싸안는 광막한 하늘이 보였다. 태양이 타오르는 강렬한 푸른 빛의 궁륭은 매일 오후면 폭풍우를 몰고 오는 먹구름에 휩싸였다.

그 폭력을 나는 기억한다. 지금 나는 전쟁중에 태어난 아이들이라면 누구나 겪는, 공포를 불러일으키는 은밀하고 위선적인 폭력을 말하려는 것이 아니다. 이웃의 눈을 피해 외출하는 것, 할머니의 '드 디옹 부통' 자동차 타이어를 훔치고 있는 회색 외투 차림의 독일군인을 엿보는 것, 밀수 소동, 염탐, 베일에 가린 모호한 말들, 미국 영사인 오길비 씨를 통해 전해들은 아버지의 메시지들, 그리고 무엇보다 배고픔, 모든 것의 결핍, 야채 껍질로 연명하고 있다는 할머니의 사촌들에 대한 소문…… 그런 폭력은 진정으로 물리적인 것이 아니었다. 그것은 질병처럼 소리없이 찾아오는 보이지 않는 것이었다. 걷잡을 수 없이 터져나오는 기침, 편두통으로 너무 고통스러워 눈 자위를 주먹으로 짓누르며 테이블보 아래로 숨어 들어갔던 일들, 내 몸은 그런 보이지 않는 폭력들로 좀먹어갔다.

　그러나 오고자는 나에게 다른 종류의 폭력을, 열려 있고 실제적이며 내 몸을 전율시키는 폭력을 가져다주었다. 그것은 삶과 자연환경의 모든 세밀한 부분에서 확연히 드러났다. 그 후로는 꿈에서조차 보지 못한 폭풍우, 섬광이 어지럽게 줄무늬를 그어대는 먹빛 하늘, 정원을 둘러싼 큰 나무들을 뒤흔들고 지붕 위 야자나무 가지들을 순식간에 거둬가버린 후 식당 문 아래 틈으로 들어와 회오리치다 석유램프를 꺼버리던 바람. 어느 날 저녁에는 북쪽에서 불어오는 붉은 바람에 벽이 번쩍이기도 했다. 그 전력(電力)을 지닌 바람을 나는 받아들이고 길들여야만 했다. 이를 위해 어머니는 놀이를 하나 고안해냈는데, 번개가 산 속으로 멀어져가는 시간을 우리가 재보게 한 다음 멀리서 울려오는 천둥 소리를 듣는 것이었다. 어느 날 오후에는 이런 일도 있었다. 아버지는 병원에서 수술중이었다. 수술실 문틈으로 소리없이 들어온 번개가 바닥에 퍼지더니, 수술대의 금속발을 녹이고 그의 샌들 고무밑창을 태워버렸다. 그런 다음 섬광은 다시 자신을 끌어모아 수습하고는, 마치 유령처럼 좀전에 들어왔던 문틈을 통해 사라져 하늘

저 깊숙한 곳으로 되돌아갔다. 그 사건은 지금도 전설로 남아
있다.

  아프리카는 위력적이었다. 어린아이였던 나에게 그곳의
폭력은 일상적이고 너무도 명백하게 다가왔다. 아프리카는
내게 열정을 선사하기도 했다. 그렇게 수없이 버림받고 허
다한 대재앙들을 겪은 지금에 와서 그것에 대해 말하기란
쉽지 않은 노릇이다. 그곳에서 그와 같은 감정을 느낀 유럽
인은 거의 없다고 해도 과언이 아닐 것이다. 아버지는 카메

룬에서 시작하여 나이지리아로 옮겨 근무했다. 그의 일은 예외적인 상황을 만들곤 했다. 식민지에 부임한 대부분의 영국인들은 행정업무를 담당했다. 그들은 군인이거나 재판관 혹은 관할 관청 직원들이었다. 특히 이 공무원들을 영어 약자로 D.O.(District Officer)라고 불렀는데, 그들 식으로 발음하는 "디 오우"라는 말을 들으면, 매주 일요일 아침 어머니가 예배를 드리면서 읊던 "데오 그라시아스Deo gratias"*가 변형된 어떤 종교적인 이름이 떠올랐다. 아버지는 반경 육십 킬로미터 안에 있는 유일한 의사였다. 그러나 이 수치는 아무런 의미를 지니지 않았다. 가장 가까이 있는 행정도시인 아바칼리키는 도로상으로는 네 시간 거리였지만, 그곳에 가기 위해서는 카누를 타고 아이야 강을 건넌 다음 다시 울창한 숲을 통과해야 했다. 어떤 '디 오우'의 저택은 프랑스령 카메룬 접경지역에 있는 오부두의 한 언덕 아래 있었는데, 그 언덕에는 아지도 고릴라가 살고 있다고 했다. 오고자에서 아버지는 보건소(수녀들이 운영하다 방치해둔 옛 가톨릭 병원이었다) 소장이었고, 크로스 강 유역 북부지방의 유일한 의사였다. 그곳에서 그는, 훗날 회고한 것처럼, 해산에

---

* '하느님 감사합니다'라는 뜻의 라틴어.

서 사체부검에 이르기까지 모든 일을 담당했다. 형과 나는 그 지역을 통틀어 유일한 백인 아이들이었다. 우리는 '식민지'에서 자란 아이들의 풍자적인 전형을 만드는 환경은 일절 겪지 않았다. 나이지리아에 도착하기 전이나 그곳에 살던 시기에 『미스터 존슨』을 쓴 조이스 캐리 같은 영국 작가들이 쓴 '식민지 소설'들을 읽었지만 나는 아무것도 공감하지 못했다. 윌리엄 보이드 역시 영국령 서아프리카에서 유년기의 한때를 보냈다고는 하지만, 내가 그의 소설에서 아무것도 공감하지 못하기는 마찬가지다. 그의 아버지는 가나의 아크라 시에서 '디 오우'로 근무한 듯하다. 나는 그가 묘사하는 것들을 이해할 수 없었다. 식민지의 그 갑갑한 분위기와 해안지역에 유배된 백인사회의 우스꽝스러운 짓거리들, 그중에서 특히 아이들이 재미있어하는 치사한 행동들, 예를 들어 어른이나 자신들의 변덕스러운 요구 앞에서 굽실거려야 하는 하인 같은 부류만을 알고 있을 뿐이면서 원주민 전체에게 멸시를 보내거나 같은 혈통의 아이들끼리 패거리를 짓거나 가르는 모습을 보면서 나는 그들의 결점과 위선적인 겉치레가 아이러니하게 반영되어 있음을 알아차렸다. 그렇게 패를 지음으로써 그들은 인류애를 배울 기회를 빼앗기고 인종우월의 식만을 종용당하게 되었지만, 천만다행하게도 나는 그 모든 것과는 조금도 상관이 없었다.

우리는 학교에 다니지 않았다. 클럽도 스포츠 활동도 규칙
도, 프랑스나 영국에 있을 때 사람들이 부여하던 의미의 친구
도 없었다. 그 시기에 대해 내가 간직하고 있는 추억은 두 세
계 사이에 떠 있는 배 위에서 보낸 시절이라고 표현할 수 있을
게다. 지금 와서 내가 가지고 있던 오고자 집의 유일한 사진
(전쟁 직후에 인화한 6×6 사이즈의 조그만 사진이다)을 들
여다보노라면, 그곳이 내 추억 속의 장소와 같은 곳이라는 사
실이 좀처럼 믿기지 않는다. 초원을 향해 열린 커다란 정원에
는 종려나무와 새빨간 꽃을 피우는 화염목(火焰木)들이 아무
렇게나 자라고 있었고, 그 사이를 곧게 가로지르는 오솔길에
는 아버지의 큼지막한 포드 V8 자동차가 세워져 있었다. 함석
지붕을 얹은 평범한 집이었지만, 자세히 보면 숲의 가장 큰 나
무들이 그곳에서 자라고 있었다. 그 유일한 사진 속에는 제국
을 떠올리게 하는 차갑고 권위적이라 할 만한 무언가가 존재
하고 있다. 뭐랄까, 군 기지와 영국식 잔디밭 그리고 오랜 시
간이 흐른 후에야 파나마 해협지역에서 다시 보게 된, 자연의
위력이 혼합된 모습 같은 것.

그러나 길들여지지 않고 자유로운, 위험스럽기까지 한 삶
의 순간들을 내가 살아낸 곳은 바로 거기 그 배경 속이었다.

마음껏 움직일 수 있는 자유, 생각할 자유, 감동할 자유, 그후로 나는 그런 것들을 다시는 경험할 수 없었다. 추억은 기만적일 수 있다. 나는 실제로 전적인 자유를 누리는 삶을 살았다기보다 오히려 꿈꾸었던 것인지도 모른다. 아마도 그럴 것이다. 전시(戰時)의 프랑스 남부지방이 자아내던 우울한 분위기와, 내 기이한 행동 때문에 급우들에게 소외당했던 1950년대 니스에서의 유년 시절 끝무렵에 느낀 슬픔 사이에서 말이다. 게다가 나는 아버지의 지나친 권위에 강박적으로 시달렸고, 고등학교 시절에는 보이스카우트 활동을 하며 아주 야비한 사건들을 경험하는 상황을 견뎌야 했다. 청년기에는 마지막 남은 식민사회의 특권을 유지하기 위한 전쟁에 동원되어 떠나야 할 위험에 맞닥뜨린 적도 있었다.

그렇듯 오고자에서 보낸 날들은 내게 소중한 보물이 되었고, 결코 잃어버릴 수 없는 찬란한 과거가 되었다. 붉은 흙 위로 빛나던 광채, 길바닥에 균열을 일으키는 뜨거운 태양, 넓디넓은 사바나를 가로질러 흰개미들이 진을 치고 있던 성채까지 맨발로 달려가던 그 순간들. 그리고 저녁이면 일기 시작하던 폭풍우, 천둥 소리와 짐승들의 괴성으로 요란한 밤, 함석지붕 위에서 야생 고양이와 사랑을 나누던 우리집 암코양이, 모기장 안으로 파고들어온 한기 속에서 신열이 올라 밤새 앓던

일, 그 다음 찾아오는 새벽의 무기력함, 그 모든 열기, 그 모든
전율을 나는 떠올리곤 했다.

흰개미, 붉은개미, 그 밖의 것들

오고자 집 앞에서 정원 경계(자로 잰 듯 반듯하게 자른 울타리가 아니라 가시덤불 벽이라고 하는 것이 더 정확할 것이다)를 지나면, 곧장 아이야 강까지 펼쳐지는 광활한 초원이 시작되었다. 어린아이의 기억이란 거리나 높이를 과장하기 마련이다. 내게는 그 초원이 바다만큼이나 넓었던 것 같다. 우리는 주로 집 전체를 떠받치는 시멘트 테라스 가장자리로 걸어다녔다. 나는 그 끄트머리에 앉아 눈앞에 펼쳐진 그 광활함 속으로 시선을 던지고는 넋놓고 몇 시간씩 보내기도 했다. 그러면 이로코 나무들의 발치에 그림자들이 드리워져 얼룩을 만들고, 바람이 물결치며 풀 위를 스쳐 지나갔다. 이따금 마른 흙 위로 소용돌이가 먼지를 일으키며 춤추는 모습에 시선이 멈추기도 했다. 정말이지 난 어느 배 갑판 위에 앉아 있는 것만 같았다. 그 배란 바로 우리의 오두막으로, 단순히 시멘트 벽들과 함석지붕만이 아니라 영국이라는 한 제국의 흔적을 포함하는 모든 것이었다. 언젠가 들은 적이 있는 '조지 셔튼'이라 불리던, 철갑을 두르고 대포로 무장한 그 증기선처럼 말이다. 루가드 경(卿) 시절에 영국인들은 그 위에 영사관 사무실을 설치하고 나이저 강과 베누에 강을 거슬러 올라갔다고 했다.

나는 그저 어린아이일 뿐이었다. 제국의 위력 따윈 나와 아무런 상관이 없었다. 그러나 아버지는 오직 제국만이 그의 삶에 의미를 주듯, 그것이 요구하는 규칙을 실천했다. 일상적인 행동 하나하나에 밴 규율의 중요성을 그는 믿고 있었다. 일찍 일어날 것, 곧장 침대를 정리할 것, 세수는 양철대야에 찬물을 받아서 할 것, 그리고 비눗물은 양말과 팬티를 담가놓기 위해 버리지 말 것. 매일 아침 어머니와 철자 영어 수학 공부를 할 것. 매일 저녁 기도할 것. 저녁 아홉시가 되면 반드시 불을 끌 것. 이런 규율들은 손수건 돌리기, 술래잡기, 모두가 한꺼번에 재잘거리는 즐거운 식사시간, 잠자리에서 할머니가 들려주는 감미로운 옛날이야기, 침대 속에서 풍향계 삐걱거리는 소리를 들으며 홀로 빠져드는 몽상, 그리고『독서의 즐거움』에 나오는 여행자 까치의 모험담 읽기 같은 프랑스식 교육과는 아무 공통점도 없었다. 아프리카로 떠나면서 우리는 다른 세계로 들어갔다. 아침저녁으로 엄격한 규율을 따른 대가로 주어진 보상은 낮에 누리는 자유였다. 집 앞에 펼쳐진 초원은 바다처럼 광활했고, 위험한 만큼 매력적이었다. 나는 그런 자유를 맛보리라고는 생각조차 못 했었다. 평원은 바로 내 눈앞에, 나를 맞을 준비를 하고 거기 있었다.

형과 처음으로 사바나를 향해 모험을 감행했던 날에 대한 기억은 선명하지 않다. 아마 우리는 마을 아이들의 선동에 따랐을 것이다. 볼록한 배를 드러낸 채 발가벗고 다니는 아주 어린 꼬마부터 우리처럼 카키색 반바지와 반소매 남방을 입은 열두세 살가량의, 청소년기에 접어든 아이들에 이르기까지 다양했다. 양말과 신발을 벗고 맨발로 풀숲을 달리는 것이 어떤 것인지 우리에게 가르쳐준 것도 바로 그 아이들이었다. 당시에 찍은 몇 장 되지 않는 사진 속에는 훌쭉하고 새까만 아이들이 우리 주위에 서 있는데, 그들은 틀림없이 남을 놀리기 좋아하고 호전적이긴 했지만 자신들과 다른 우리를 받아들여 주었다.

그건 분명 금지된 일이었던 것 같다. 아버지가 밤이 될 때까지 온종일 집을 비웠기 때문에 금기시되던 일도 상대적으로 용납될 수 있다는 사실을 우리가 깨달았던 것일 뿐. 어머니는 자상한 분이었다. 어쩌면 그녀는 다른 일에 몰두했었는지도 모른다. 오후의 더위를 피하기 위해 집 안에서 책을 읽거나 편지를 쓰거나 하는 일들 말이다. 그녀는 그녀 나름의 수준에서 아프리카인으로 살도록 만들어진 것 같았다. 짐작건대 어머니는 우리 또래의 두 소년에게 그보다 더 안전한 장소는 이 세상에 없다고 생각했던 게 틀림없다.

그곳이 정말 더웠던가? 날씨에 대해서는 아무것도 기억나지 않는다. 나는 니스나 로크빌리에르에서 겪은 겨울의 추위는 기억한다. 골목길로 불어닥치던 시린 바람, 토시를 신고 양가죽 조끼를 겹쳐 입어도 피할 수 없던 얼음처럼 차가운 추위가 아직도 느껴지는 듯하다. 반면 오고자에서 더위에 시달렸던 기억은 없다. 어머니는 우리가 나갈 때면 반드시 둥근 챙 모자를 쓰게 했다. 그녀는 '칸푸르* 모자'라고 했지만, 사실은 아프리카로 떠나오기 직전에 니스 구시가지의 한 가게에서 산 밀짚 모자였다. 아버지가 우리에게 주지시킨 수많은 규칙 가운데는 반드시 모직 양말과 왁스로 닦은 가죽구두를 신

---

* 북인도 우타르프라데시의 행정 도시.

어야 한다는 사항도 있었다. 그러나 그가 보건소로 출근하자 마자 우리는 뛰어다니기 편하도록 양말과 신발부터 벗어 던 졌다. 처음에는 달리다 시멘트 바닥에 쓸려 찰과상을 입곤 했 는데, 무엇 때문인지는 모르겠지만 피부가 벗겨지는 것은 늘 오른쪽 엄지발가락이었다. 어머니가 붕대를 감아주면, 나는 양말을 신어 붕대를 감추었다. 그런 일은 늘상 반복되었다.

그러던 어느 날, 우리는 홀로 황갈색 초원을 달려 강으로 향 했다. 초원에서 보는 아이야 강은 그리 넓지 않았지만 기슭의 붉은 진흙더미들을 할퀴는 격렬한 물살로 활력이 넘쳤다. 강 양안으로 펼쳐진 평원은 끝이 없어 보였다. 사바나 한가운데 에는 곧게 치솟은 키 큰 나무들이 드문드문 서 있었다. 나중에 야 알게 된 사실이지만, 그 나무들은 산업국가에서 필요한 마 호가니 판자를 공급하는 데 사용되었다. 목화나무들도 있었 고, 엷은 응달을 드리우던 가시 돋친 아카시아 나무들도 있었 다. 우리는 큰 나무들의 줄기를 바라보며, 눈 높이까지 자라 우리 얼굴을 마구 때리던 키 큰 풀들 사이로 달리곤 했다. 그 때, 숨이 차오르기 전에 우리가 멈추거나 하는 일은 거의 없었 다. 지금도 탄자니아의 세렝게티 초원이나 케냐 국립공원 같 은 아프리카의 풍경들을 보면 나는 감정이 용솟음쳐오르는 것을 느낀다. 날마다 오후의 찌는 듯한 더위 속을 야생동물처럼 아무런 목적지 없이 마구 달리던 그 평원을 다시 보는 것만 같기 때문이다.

우리집이 보이지 않을 만큼 멀리 평원 한복판으로 들어갔을 때, 우리는 성(城)들을 발견했다. 벌거벗고 메마른 평지를 따라 검붉은 벽면이 늘어서 있었는데, 불에 탄 듯 꼭대기 부분이 검게 그을려 있었다. 오랜 옛날에 지어진 성채의 벽처럼. 벽을 따라가면 군데군데 서 있는 망루들이 보였다. 번개에 맞아 깎이고 타버린 그 꼭대기는 마치 새들이 쪼아먹은 듯 들쭉날쭉했다. 그 성벽들은 도시 하나 정도의 면적을 차지할 만큼 넓고, 벽과 망루는 우리 키를 훨씬 웃돌았다. 당시 어린아이에 지나지 않았던 우리는 그 벽들이 어른 키보다도 더 높았을 것이며 어떤 망루들은 이 미터도 넘었을 것이라고 생각했다.

우리는 그곳이 흰개미의 도시라는 것을 알고 있었다.

어떻게 우리는 그것을 알고 있었던 걸까? 아마 아버지나 마을 친구들 중 누군가 우리에게 얘기해주었을 것이다. 그러나 아무도 우리와 함께 오지는 않았다. 우리는 그 벽을 허무는 방법을 알아냈다. 처음에는 돌멩이를 던져, 그것들이 흰개밋둑*에 부딪치면서 내는 속 빈 울림을 듣고 그 깊이를 가늠해보았

---

* 개미가 땅속에 집을 짓기 위하여 파낸 흙가루가 땅 위에 두둑하게 쌓인 것.

던 것 같다. 그리고 나서 벽과 높은 망루들을 막대로 때리면, 흙덩이들이 먼지를 일으키고 무너지며 긴 회랑이 드러났다. 그 속에는 눈먼 흰개미들이 살고 있었다. 다음날 가보면 일개미들이 무너진 부분들을 다시 메우고 망루들을 다시 건축하려 애쓴 흔적이 보였다. 보이지 않는 적과 전투라도 벌이듯 우리는 다시 손바닥이 아프도록 개밋둑의 표면을 쳤다. 말없이 때리고 또 때리며 마침내 크게 소리를 지르면 벽은 다시 허물어졌다. 그것은 하나의 놀이였다. 그런데 그것이 하나의 놀이이기만 했던가? 우리는 스스로 엄청난 위력을 지닌 존재인 것만 같았다. 그러나 우리가 한 행동이 고약한 사내애가 심심풀이로 저지르는 가학행위, 예컨대 감자잎벌레의 다리를 부러뜨리거나 문틈에 낀 두꺼비를 으스러뜨리는 것처럼 남자아이들이 즐겨하는, 저항하지 못하는 어떤 생명에 가하는 무상(無償)의 잔혹행위였다는 생각은 들지 않는다. 오히려 그것은 사바나의 드넓은 공간과 근처의 숲, 하늘과 폭풍우의 맹렬한 기세를 소유하는 행위에 가까웠다. 아니면 그런 식으로 아버지의 지나친 권위를 거부하고, 매번 막대로 매질함으로써 되갚았던 것은 아니었을까.

　마을 아이들이 우리와 함께 흰개밋둑을 부수러 간 적은 한 번도 없었다. 개밋둑을 무너뜨리는 그 맹렬한 동작을 그들이

보았다면 무척 놀랐을 것이다. 그들이 살고 있는 세계에서 흰 개미는 너무도 자명한 존재였고, 전설 속에서 큰 역할을 담당 하고 있었기 때문이다. 세상이 처음 창조되었을 때 강을 만들 어 지상의 인간들을 위해 물을 보존해온 것은 바로 흰개미 신 (神)이었다. 그런데 무엇 때문에 그들이 개밋둑을 허물겠는 가? 그 폭력의 무상성은 그들에게 아무런 의미도 없었을 것이 다. 놀이를 제외하면, 그들에게 움직인다는 것은 곧 돈을 벌고 사탕을 얻고 팔거나 먹을 수 있는 무언가를 찾아다니는 것을 의미했다. 아주 어린 꼬마들은 늘 큰 아이들의 보호 아래 있 어, 그들끼리만 있도록 내버려지는 일은 없었다. 아이들은 정 해진 계획 없이 작은 일거리들을 맡는가 하면, 함께 어울려 놀 기도 하고 재잘거리기도 하며 하루를 보냈다. 산책하면서 불 을 지필 수 있는 죽은 나무들이나 마른 쇠똥을 끌어모으거나, 우물가에서 몇 시간씩 재잘거리며 물을 긷기도 했다. 우리집 입구에 옹기종기 모여 앉아 들판을 바라보며 막연히 뭔가를 기다릴 때도 있었다. 그 아이들이 뭔가를 훔친다면, 과자 한 조각, 성냥개비 몇 개, 녹슬고 낡은 쟁반처럼 유용한 물건들이 었다. 때때로 화가 난 '가든 보이'가 돌멩이를 던져 쫓아내기 도 했지만, 아이들은 금방 다시 돌아왔다.

그때 우리는 젊은 식민지 개척자처럼 거칠었으며, 윗사람이나 책임 지는 사람이 없을 때면 우리가 자유로우며, 벌 같은 건 받지 않을 거라고 확신했다. 아버지가 없거나 어머니가 자고 있을 때면 우리는 몰래 집을 빠져나왔다. 황갈색 초원은 야생동물처럼 우리를 한입에 덥석 물고는 놓아주지 않았다. 우리는 시야를 가리는 키 큰 풀들 사이를 맨발로 헤치고 바위를 뛰어넘기도 하며, 열기로 갈라진 마른땅 위를 전속력으로 달려 멀리 흰개미의 도시까지 갔다. 그럴 때면 우리의 가슴은 가쁘게 두방망이질쳤다. 거친 숨결과 함께 솟아오르는 폭력의 기운을 억제할 수 없었다. 우리는 돌멩이와 막대를 주워들고는 때리고 또 때렸다. 그리고 아무 이유 없이 그 성당 벽들을 허물어버렸다. 먼지구름이 퍼지고 망루들이 쓰러지는 광경을 보고 단단한 벽에 부딪쳐 울리는 막대 소리를 듣고, 태양 아래 드러난 창백한 진줏빛 생명들이 우글거리는 정맥 같은 붉은 회랑들을 보기 위한 것일 뿐 아무 이유도 없는 행위였다. 그러나 이렇게 글을 써내려가면서, 개밋둑을 내려치는 우리의 팔을 자극한 그 분노를 지나치게 문학적이고 상징적으로 만들어버리는 것은 아닌지 모르겠다. 단지 우리는 두려움과 속임수가 뒤섞인 오 년간의 전쟁에 갇혀, 여자들에 둘러싸여 유년기를 보낸 두 아이에 불과했다. 그 시절, 우리가 들을 수 있었던 격한 소리라곤 '독일놈들'을 저주하는 할머니의 목소리가 전부였다. 그렇기에 오고자의 키 큰 풀숲 사이로 달리던 그날들은 우리가 처음 경험한 자유였다. 사바나, 매일 오후면 몰려오던 폭풍우, 머리 위로 내리쬐던 뜨거운 태양, 그리고 지나치게 강해서 거의 우스꽝스럽기까지 한 동물적 본성의 표출. 그것은 흰개미들의 성벽을 향해, 하늘에 대항하여 곧추서 있던 그 음울한 성들을 향해 돌진하게 하고 우리의 어린 가슴을 가득 채우던 바로 그 자유였다. 나 자신을 가늠하고자 하는 욕구, 지배하고자 하는 욕구, 그 충동을 그후로 다시 느껴본 적이 없었다. 그 충동을 느꼈던 것은 우리 삶의 한 순간이었다. 어떤 설명도 불가능하고, 아쉬움도 미래도 없고, 거의 기억조차 남아 있지 않은 단 한 순간.

우리가 오고자에 남아 있었더라면, 우리가 아프리카인처럼 되었더라면 사정은 달라졌으리라. 나는 사물을 감지하고 느끼는 법을 배웠을 것이다. 마을 소년들처럼 살아 있는 존재들과 말하고, 흰개미에게서 신성함을 보는 법을 배웠을 것이다. 아마 얼마 지나지 않아 나는 그 개미들을 잊어버리기까지 했을 것이다.

우리에겐 어떤 다급함과 긴급함이 있었다. 우리는 세상 끝에서 왔다(니스는 세상의 다른 끝이었다). 우리는 화단으로 둘러싸인, 중산층 아파트 7층에서 살았다. 그곳에서 아이들은 뛰어놀 권리가 없었다. 그러다가 적도지방의 흙탕물이 흐르는 어느 강가에서 숲에 둘러싸여 살게 된 것이다. 우리는 그곳을 다시 떠나게 되리라는 사실을 알지 못했다. 아마 다른 아이들처럼 죽을 때까지 거기서 살 거라고 생각했을지도 모른다. 바다 건너 저편의 세상은 침묵 속에 얼어붙어 있었다. 이야기 보따리를 한아름 안고 있는 할머니, 멋진 목소리를 가진 모리셔스 섬 출신의 할아버지, 학교 친구들, 함께 놀던 아이들, 그 모두가 가방 속에 가둬버린 장난감처럼, 벽장 깊숙이 감춰버린 울음처럼 얼어붙었다. 그러나 한낮의 뜨거운 숨결 속에서 초원은 그 모든 것을 지워버렸다. 초원은 우리의 가슴을 뛰게 하고, 분노의 감정을 일으켰으며, 저녁이면 지칠 대로 지쳐 한풀 꺾인 우리를 해먹 주변에 내버려두었다.

개미는 그러한 분노의 감정과는 대척점에 있는 얼굴이었다. 그 얼굴은 초원과 상반되는 것이었으며, 파괴적인 폭력과는 정반대였다. 오고자에 가기 전에도 개미에 대한 추억이 있었던가? 잘 기억나지 않는다. 아니, 매일 밤 할머니 집의 부엌을 장악하던 검은 먼지 같은 '아르헨티나 개미'들이 있었던 것 같다. 그것들은 부엌의 좁은 통로를 통해, 빗물받이 홈통 위에서 균형을 잡고 있던 장미덩굴과 소각하기 위해 쌓아둔

쓰레기더미 사이를 오가곤 했다.

오고자의 개미들은 개밋과 중에서도 끔찍한 변종에 속했다. 그것들은 정원 잔디를 십여 미터나 깊이 파고들어가 집을 짓고, 수십만에 이르는 개체들이 함께 모여 사는 것으로 알려져 있다. 흰개미들은 순했다. 자기방어를 할 줄 모를 뿐 아니라 앞을 볼 수도 없었고, 기껏해야 가옥의 벌레 먹은 나무들을 갉아먹는 것 외에는 아무 해악도 끼칠 줄 몰랐다. 반면 붉은개미들은 눈과 턱판도 있었으며, 그들의 길을 가로막는 것은 무엇이든 공격하고 독을 뿜어대는 사나운 곤충이었다. 붉은개미들이야말로 오고자의 진정한 주인이었다.

붉은개미들과 처음 마주쳤을 때의 고통스런 기억이 아직도 생생하다. 오고자에 도착한 며칠 후에 벌어진 일이었다. 나는 집에서 그리 멀지 않은 정원에 있었다. 개미집 입구를 표시하는 구멍을 내가 알아보지 못했었나보다. 순식간에, 미처 알아차릴 새도 없이 나는 이미 수천 마리의 개미에 둘러싸여 있었다. 도대체 그것들은 다 어디서 온 것이었을까? 아마도 그들의 회랑 입구 주변의 노출된 지대를 밟았던 모양이다. 기억나는 건 그 개미들의 수가 많았다는 사실이 아니라, 그 순간 내가 느낀 공포다. 갑자기 땅이 움직이기 시작했고, 나는 꼼짝도 하지 못한 채 서 있다. 도망칠 수도, 아무런 생각도

할 수가 없다. 딱딱한 등껍질, 꼼지락거리는 다리와 더듬이들이 땅을 가득 메우더니 주위를 맴돌면서 점점 더 나를 향해 조여들어오고 있다. 이제, 그것들은 내 신발 위로 기어오르기 시작한다. 그러고는 아버지가 그토록 신고 다니라고 강조했던 모직 양말의 편물코 사이로 파고들어온다. 바로 그 순간 벌써 나는 따끔거리고 화끈거리는 통증이 발목에서부터 다리를 타고 올라오는 것을 느낀다. 산 채로 먹혀버릴지도 모른다는 그 벗어날 수 없는 강박은 정말이지 끔찍한 느낌이다. 그 느낌은 몇 초, 몇 분 아니, 악몽만큼이나 길게 지속됐다. 아무 것도 기억나지 않는다. 아마 소리를 질렀을 것이다. 어쩌면 울부짖었을지도 모른다. 곧 이어 어머니가 나를 안아들고는 마구 흔들었고, 우리집 테라스에서 형과 이웃 아이들이 나를 둘러싸고 있었기 때문이다. 그들은 아무 말 없이 나를 바라보고 있다. 웃고 있는 걸까? 아니면 이렇게 말하고 있는 걸까? "저 조그만 아이가 지금 울고 있는 거야?" 어머니는 죽은 피부를 벗기듯 조심스럽게 내 양말을 뒤집으며 벗긴다. 내 다리는 핏방울이 맺힌 검붉은 점들로 뒤덮여 있다. 어머니가 내 양말을 벗길 때 개미들의 몸통은 떨어지고 머리만 피부에 붙어 있었던 것이다. 이제 깊이 박혀 있는 턱은 알코올에 소독한 바늘로 하나씩 뽑아내야 한다.

그것은 하나의 일화, 그저 단순한 일화에 불과하다. 그러나 병정개미에 물린 곳이 여전히 통증을 일으키는 것처럼, 바로 어제 일인 양, 내게 새겨진 흔적은 생생하기만 하다. 그 흔적은 어디에서 연유하는 것일까? 아마 전설과 꿈으로 뒤섞인 무엇인 것 같다. 다음은 어머니가 해준 이야기다. 내가 태어나기 전, 아버지가 카메룬 서부지역의 순회의사로 있을 때 두 사람은 말을 타고 그 지역을 여행한 적이 있었다. 밤이면 '여행자용 오두막'에서 야영을 했다. 길가에 세워진 나뭇가지와 종려나무 잎으로 만든 단출한 초가집인데, 그들은 거기에 해먹을 매달아 침대를 설치했다. 어느 날 밤, 짐꾼들이 자고 있는 그들을 깨웠다. 짐꾼들은 횃불을 들고 나지막한 목소리로 아버지와 어머니를 재촉한다. 어머니는 무엇보다도 숲 전체에 감도는 정적과 짐꾼들의 숨죽인 속삭임에 겁먹었다고 말했다. 그녀가 땅에 내려서자마자 횃불 아래로 거대한 개미행렬이 눈에 들어왔다(병정개미들로 둘러싸인 붉은개미들이었다). 개미들이 숲을 나와 그 오두막을 통과하고 있었던 것이다. 그 행렬은 기둥이라기보다는 드넓은 강줄기처럼, 개체들이 서로 단단히 뭉쳐서 앞을 가로막는 것은 무엇이든 부러뜨리고 집어삼키면서, 장애물 따위는 조금도 괘념치 않고 천천히 그러나 쉬지 않고 똑바로 이동하고 있었다. 아버지와 어머니에게는 소지품과 옷가지, 식품과 약품들을 간신히 챙길 시간만이 있을 뿐이었다. 곧 그 음울한 강줄기는 오두막을 통과해 흘러 갔다.

어머니는 도대체 몇 번이나 그 이야기를 했던 걸까? 그 이 야기는 내 속에 너무도 깊이 각인되어 마치 나 자신에게 그 일 이 일어난 듯, 모든 것을 삼켜버리던 개미 강과 내 주위를 맴 돌며 공격해오던 개미들을 혼동할 지경이다. 나를 둘러싸고 빙빙 돌던 개미들이 뇌리를 떠나지 않는다. 꿈속에서 나는 꼼 짝할 수조차 없다. 그리고 나는 침묵에 귀기울인다. 귀청을 찢 을 듯이 날카로운, 세상의 그 어떤 소리보다 끔찍한 공포를 자 아내는 개미들의 침묵에.

오고자는 곤충 천지였다. 낮의 곤충과 밤의 곤충. 어른들이 혐오스러워하는 곤충들이라 해서 아이들도 싫어하는 것은 아 니다. 별다른 상상력을 동원하지 않고도 매일 밤 대대 행렬을 이루며 순식간에 나타나던 바퀴벌레들을 떠올릴 수 있다. 할 아버지는 그것들을 '바퀴'라고 불렀다. 오고자의 아이들은 "바퀴는 옷을 입어요. 팬티는 빼고"라고 노래를 불렀다. 바 퀴벌레들은 바닥 틈이나 천장의 나무판자 사이에서 나와 빠 른 속도로 부엌 쪽으로 이동했다. 아버지는 끔찍이도 그것들을 싫어했다. 그는 매일 밤 손전등과 양손에 낡은 슬리퍼 한 짝을 들고 끝이 없는 허망한 바퀴사냥을 하느라 집 안을 돌아다녔다. 그는 바퀴벌레가 암을 포함한 많은 질병을 일으키는 원인이라고 굳게 믿고 있었다. 나는 아버지가 한 말을 기억하고 있다. "발톱을 솔로 잘 닦아라. 안 그러면 밤에 바퀴들이 갉아먹으러 올 거다."

우리 같은 아이들에게 바퀴벌레는 그저 곤충의 한 종류에 불과했다. 우리는 바퀴벌레를 잡으러 다니기까지 했다. 아마 바퀴벌레들을 잡아 부모님 방 앞에 풀어놓으려 했던 것 같다. 그것들은 불그스름한 갈색에, 기름지고 무척 반들거렸으며 날기까지 했다.

우리는 다른 놀이 대상도 발견했다. 전갈이었다. 바퀴벌레보다는 수가 적었지만, 우리는 그것들을 늘 비축해놓고 있었다. 우리의 소란스러운 장난을 싫어했던 아버지는 오래된 연장과 밧줄로 그네를 두 개 만들어 발코니 아래, 그러니까 그의 침실에서 가장 멀리 떨어진 곳에 달아주었다. 그리고 혹 우리가 떨어질 것에 대비해서 그 아래에 충격을 덜어주는 짚 가마니를 놓아두었다. 우리는 그 그네로 독특한 놀이를 하곤 했다. 그네에 거꾸로 매달린 채 가마니를 조심스럽게 들어올리면, 꼼짝하지 않은 채 집게발을 세우고 적을 향해 꼬리의 독침을

뾰족이 겨냥하고 방어자세를 취하는 전갈들이 보였다. 가마니 아래 살고 있던 전갈들은 보통 작고 검은 것들로 독이 없는 종이었을 가능성이 크다. 그러나 이따금 아침이면, 좀더 큰 종의 상앗빛 전갈들이 그 자리를 차지하고 있기도 했다. 우리는 본능적으로 그것들이 독이 있다는 사실을 알아차렸다. 우리의 놀이란, 그네 위에 올라탄 채로 풀포기나 가느다란 나뭇가지로 약을 올리며, 그것들이 자신을 공격하는 손을 따라 자장(磁場)에 이끌리듯 맴도는 모습을 보는 것이었다. 그러나 전갈이 우리의 놀이도구를 찌르는 일은 없었다. 그들의 단련된 눈은 사물과, 그것을 잡고 있는 손을 구별할 줄 알았던 것이다. 좀더 짜릿한 기분을 맛보기 위해, 우리는 때때로 나뭇가지를 놓아버리고 전갈이 꼬리로 칠 때까지 손을 가까이 내밀었다가 급히 빼내기를 반복하기도 했다.

우리를 흥분시키던 감정들이 무엇이었는지 지금은 잘 기억나지 않는다. 그네와 전갈 사이에서 이루어지던 놀이에는 상대를 존중하는, 거의 의례적이기까지 한 무엇이 있었다. 물론 그 존중은 두려움에 기인한 것이었다. 개미와 마찬가지로 전갈도 그곳의 진정한 주민이었지만, 우리는 언젠가 떠날 운명인, 달갑진 않지만 그것들이 받아들여야 하는 세입자일 뿐이었다. 우리는 결국 식민지 개척자들에 지나지 않았다.

마침내 어느 날 전갈들은 비극적인 순간을 맞이하게 되었다. 그 순간을 떠올리면 지금도 나는 가슴이 두근거린다. 아버지(그가 집에 있었으니 일요일이었던 것 같다)가 흰 전갈 한 마리를 벽장 속에서 발견했다. 정확히 말해 암컷 전갈이었고, 등에 새끼들을 업고 있었다. 아버지는 보통 때처럼 낡은 슬리퍼로 내려쳐 단번에 압사시킬 수도 있었을 것이다. 그러나 그는 그렇게 하지 않았다. 대신 약장에서 90도 알코올 병을 찾아와 전갈 위에 뿌리고는 성냥을 그었다. 이유는 알 수 없지만, 불은 파란 불꽃을 피우면서 전갈 주위에서부터 타오르기 시작했다. 그러자 암컷은 하늘을 향해 집게발을 들어올리고 딱딱한 몸체 밖으로 독샘을 완전히 드러낸 채, 그 끝에 달린 갈고리를 새끼들 위로 곧추세운 비극적인 자세로 멈추었다. 다시 한번 알코올을 뿌리자 전갈은 곧바로 불타기 시작했다. 그 사건은 불과 몇 초 사이에 끝났다. 그러나 난 그 전갈의 죽음을 바라보며 오랫동안 그렇게 있었던 듯하다. 새끼들은 벌써 죽어서 어미의 등에서 떨어져 웅크린 모습으로 내버려져 있다. 그러나 어미는 꼬리에 경련을 일으키며 여러 번 몸을 뒤집는다. 그러고는 더이상 움직이지 않는다. 집게발은 체념한 듯 가슴 위로 모아지고, 활활 타오르던 불꽃도 잠시 후 꺼진다.

　밤마다 오두막은 수많은 날벌레들로 뒤덮였다. 그것은 동물세계가 벌이는 일종의 복수였다. 비가 오기 직전의 어느 날 저녁에는 거의 한 연대 병력만큼의 벌레들이 등장한 적도 있었다. 아버지는 문과 덧창(몇 개 되지 않는 창에는 유리가 없었다)을 닫고, 침대와 해먹 위로 모기장을 쳤다. 그러나 이미 지고 들어가는 전쟁이었다. 우리는 식당에서 서둘러 땅콩죽을 먹고는 모기장 안으로 피신했다. 벌레들이 물밀듯이 밀려들어왔다. 석유램프의 불빛에 이끌려 날아왔다가 덧창 위에 부딪힌 벌레들의 껍질 벗겨지는 소리가 들려왔다. 그것들은 덧창 틈새나 문 아래로 파고들어와, 램프 주위로 미친 듯이 맴

돌면서 회오리를 일으키다 램프 유리에 닿아 타버렸다. 빛이 반사되는 벽면 위에서는 회색 도마뱀들이 먹이를 삼킬 때마다 작은 외마디 비명을 질렀다. 이유는 모르겠지만, 나는 어느 장소에서도 이런 친숙한 느낌을 받지는 못했던 것 같다. 모든 것을 태워버릴 듯한 한낮의 더위 속에서 사바나를 내달린 후, 폭풍우와 번개가 한차례 지나간 후, 곤충의 세계가 집 밖에서 사슬 풀린 듯 격분하고 있는 동안 그 숨막히는 방은 밤을 피해 닫힌 배의 선실처럼 느껴졌다. 그곳에 있자면 동굴 안에 있는 것처럼 정말 안전하다는 느낌이 들었다. 땅콩죽과 '푸푸'와 카사바빵 냄새, 낮에 병원에서 일어난 일들을 이야기하는 아버지의 노래하는 듯한 목소리, 바깥에 위험이 도사리고 있다는 느낌, 덧창을 때리는 보이지 않는 불나방 군대, 흥분한 회색 도마뱀들, 그 모든 것은 긴장된 어느 열대야를 이루고 있었다. 그것은 예전처럼 아무것도 구애받지 않는 휴식의 밤이 아니라, 우리를 지치게 하는 열에 들뜬 밤이었다. 그리고 입 안에 남아 있는 좁쌀만 한 키니네 알약의 쓴맛. 말라리아를 예방하기 위해 잠자리에 들기 전 필터에 거른 미지근한 물과 함께 그것을 삼켜야 했다. 그렇다. 그토록 종교적이면서도 친숙함이 배어 있는 그 순간들을 나는 그 이전에도 이후에도 결코 경험할 수 없었다. 고요한 밤이면 스르르 꿈속으로 빠져들게

하던 대화들, 김이 모락모락 피어오르던 수프, 낡은 가죽 소파의 호사스런 평안함, 호랑가시나무 가지로 장식한 시골 할머니 집의 식당과는 너무도 다른 풍경, 도시와는 너무도 동떨어진 그 풍경을.

아프리카인

영국령 기아나에서 강 유역을 순회하는 의사로 두 해를 보
낸 후 아버지가 아프리카에 도착한 것은 1928년이었다. 그리
고 은퇴할 나이가 넘어 더이상 복무할 수 없다는 군대의 결정
에 따라 1950년대 초가 되어서야 비로소 아프리카를 떠났다.
스무 해 이상을 그곳에서 보낸 셈이다. 그 동안 그는 여러 나
라들의 면적을 합친 것만큼이나 넓은 영역에서 수많은 사람
들의 건강을 책임 지는 유일한 의사로서, 도시에서 고립된 벽
지생활, 당시의 표현을 빌리자면 '덤불생활'을 했다.

내가 여덟 살 되던 해인 1948년에 만난 아버지는 적도의 기
후 때문에 나이에 비해 일찍 늙고 피폐해 있었으며, 천식으로

인한 호흡곤란 때문에 복용하던 테오필린으로 인해 신경이 몹시 날카로워져 있었다. 게다가 자신의 직분 때문에 전시였음에도 아내와 자식을 구하러 갈 수 없고 돈조차 보낼 수 없는 상황에서, 그는 세상으로부터 단절되어 고독 속에 내버려진 우울하고 신랄한 사람이 되어 있었다.

그가 가족에게 보여준 가장 큰 사랑의 표시는 한창 전쟁중일 때 알제리까지 사막을 가로질러 달려와서, 아내와 자식을 아프리카로 피신시키는 것이었다. 그러나 그는 알제 시에 채 도달하기도 전에 체포되어 나이지리아로 다시 돌아가야만 했다. 그가 아내를 다시 만나 자식들과 상봉하게 된 것은 전쟁이 끝나고 나서였다. 아버지와의 첫 대면은 아주 짧았고, 그게 어땠는지는 기억나지 않는다. 전 세계 사람들이 서로 살상을 일삼고 있는 동안, 그는 오랜 고립과 침묵 속에서 의약품도 장비도 없이 응급상황에 대처하며 의사의 직분을 계속 수행했다. 분명 그것은 극도로 어려운 일인 동시에, 그에게 참을 수 없는 고통과 절망을 안겨주었던 것 같다. 그는 자신이 겪은 고난에 대해 한 번도 입을 뗀 적이 없었고, 우리로 하여금 그가 아주 예외적인 상황들을 겪었다고 느끼게 한 적도 없었다. 그 시절에 대해 내가 알 수 있었던 것이라곤 어머니가 들려준 이야기나 그녀의 한숨에 묻어나오는 어렴풋한 말꼬리뿐이었다. "서로 떨어져 지내던 전쟁 땐 정말 힘들었어……" 그때조차 어머니가 자신에 대해 말하는 경우는 없었다. 그녀는 아무 생계수단도 없이 어린 두 아이를 가진 한 여성이 전쟁의 수렁에 빠져 겪게 되는 불안을 얘기하고 싶어했을 따름이었다. 전쟁이 일어나자 프랑스의 많은 남편들이 독일에 징용되거나 아무런 흔적도 남기지 않은 채 사라져버렸다. 그 일은 아내들에게 참으로 커다란 고통을 안겨주었을 것이다. 그런데 나는 바로 그 점 때문에 그 끔찍하던 시절이 정상적이었다고 느꼈던 것 같다. 남자들은 거의 눈에 띄지 않았고, 내 주위에는 온통 여자들과 아주 나이 많은 사람들밖에 없었던 것이다. 오랜 세월이 흘러 아이가 갖는 천성적 이기주의가 수그러들자, 비로소 나는 어머니가 아버지에게서 멀리 떨어져 전쟁이라는 수렁을 헤치며 위선적이지 않은 영웅정신을 발휘했음을 깨달을 수 있었다. 그것은 맹목적이지도 체념적이지도 않은(물론 신앙심이 그녀에게 커다란 도움이 될 수는 있겠지만), 그토록 잔혹한 반인륜적인 상황을 이겨내고자 그녀의 내면에서 솟아오른 정신적인 힘에 의한 것이었다.

아버지를 그토록 비관적이고 우울하며 권위적인 사람으로 만들어 우리가 그를 사랑하기보다 두려워하게 만든 것은 바로 전쟁, 그 길고 긴 침묵이었을까? 그것은 아프리카였을까? 만약 그렇다면 어떤 아프리카였을까? 어쨌든 오늘날 문학이나 영화에 등장하는, 나이 지긋한 여성들이나 이야기꾼들이 활개를 치는 마을, 좀더 나은 환경에서 사는 사람들은 못 견딜 것 같은 조건에서도 매 순간 살아남으려는 놀라운 의지를 보여주는 시끄럽고 무질서하고 젊고 친숙한 아프리카가 아니라는 것만은 틀림없다. 그런 아프리카가 전쟁 전부터 이미 존재하고 있었음은 너무도 분명하다. 두알라, 하커트 항, 자동차로 붐비는 거리들, 땀에 젖어 반들거리는 아이들이 뛰어다니는 시장, 나무 그늘에서 무리지어 담소하는 여인네들을 나는 상상한다. 그리고 대중소설을 파는 시장*이 있고 통나무들을 띄워 넓은 강 하류로 밀고 가는 배들이 멀리서 고동을 울려대던 오니차와 같은 대도시들. 온갖 것들과 사람들, 서로 다른 언어들이 한 곳에서 어울리는 라고스, 이바단, 코토누. 이 대도시들에는 식민사회만이 가지는 풍자적인 모습도 있다. 정장 양복에 모자까지 갖춰 쓰고 완벽하게 말아접은 검은 우산을 든 사업가들, 푹푹 찌는 살롱에서 목이 팬 드레스를 입고 한가로

---

* 나이지리아 동부에 위치한 오니차 시장에서는 학생이나 풋내기 저널리스트, 택시 운전자 등 반문맹파 작가들이 쓴 감상적이고 도덕적인 소설들이 거래되었다. 오니차 시장 문학은 20세기 문학 장르로 분류될 수 있다.

이 부채질하는 영국 부녀들, 클럽 테라스에서 흰 장갑을 낀 제복 차림의 하인들이 은쟁반에 칵테일 잔들을 얹고 소리없이 돌아다니는 동안 여송연을 피우면서 "여보게 친구, 이곳은 정말 지독한 고장이로군" 하고 날씨 타령이나 하는 로이드나 글린 밀스나 바클리 같은 회사 직원들의 그 우스꽝스러운 모습들 말이다.

　어느 날 아버지는 자신이 런던에 있는 엘리펀트 앤드 캐슬의 세인트 조지프 병원에서 의학 공부를 마친 뒤 어떻게 세상 끝으로 떠날 결심을 하게 되었는지 내게 얘기해주었다. 정부 장학생이었던 그는 공동체를 위한 임무를 수행해야 했기 때문에, 사우샘프턴 병원의 열대지역 풍토병과에 임명되었다. 그는 기차를 타고 사우샘프턴으로 가서 한 하숙집에 짐을 풀게 된다. 업무는 사흘 후에나 시작하기로 되어 있었기 때문에 한가롭게 도시를 거닐던 그는 출항을 기다리는 배들을 구경하러 항구로 산책을 간다. 하숙집에 돌아왔을 때, 한 통의 편지가 그를 기다리고 있었다. 병원 책임자에게서 온 아주 짧고 건조한 한마디였다. "선생, 나는 아직 당신 명함을 받지 못했소." 그 일이 있은 후 아버지는 곧장 주소도 직함도 없이 오직 이름만을 넣은 명함을 찍었다(나는 그것을 한 장 간직하고 있다). 그리고 식민지부 장관에게 자신의 임명을 요청했다. 며칠 후, 그는 기아나의 조지타운으로 떠나는 배에 오르게 된다. 결혼을 하고, 두 아들이 태어났을 때 얻은 두 번의 짧은 휴가를 제외하고는 의사생활을 마감할 때까지 다시는 유럽으로 돌아오지 않게 될 것이었다.

만약 그가 그곳을 그렇게 황급히 떠나는 대신 사우샘프턴 병원 책임자의 권위를 받아들이고 런던 교외, 예를 들어 리치먼드나 스코틀랜드(그가 좋아했던 고장이다)에서 시골의사로 정착했더라면(할아버지가 파리 근교에서 그렇게 살았던 것처럼) 그의 삶이(따라서 나의 삶이) 어떠했을지 상상해보았다. 지금 나는 그의 자식들에게 일어났을 변화를 얘기하려는 것이 아니다. 태어난 곳이 어디냐는 것은 근본적으로 그리 중요한 문제가 아니다. 내가 말하고자 하는 것은, 좀더 평범하고 덜 외로운 삶을 살았더라면 그가 어떻게 달라졌을까이다. 아마 그는 수면병이나 말라리아나 나병에 걸린 환자들이 아니라 감기나 변비 정도로 고생하는 사람들을 돌보고, 몸짓이나 통역 혹은 엉터리 피진영어*(모리셔스 섬의 세련되고 재치 있는 크레올 프랑스어와는 비교가 되지 않는다)처럼 예외적인 방법이

---

* 영어, 포르투칼어, 인도어, 중국어 등이 뒤섞인 영어로 상업적인 용도로 쓰임.

아니라, 일상적으로 생활하며 가까운 이웃처럼 느껴지는 평범하기 이를 데 없는 사람들과 소통하면서 한 도시와 한 구역과 한 동네의 일원으로 살았을 것이다.

그러나 그는 다른 길을 선택했다. 아마도 자존심 때문이거나 진부한 영국사회에서 벗어나기 위해, 그리고 모험을 즐기는 취향 때문에 떠났던 것이다. 그러나 그 길은 결코 거저 얻을 수 없었다. 그것은 그를 다른 세계에 빠뜨렸고, 다른 삶으로 몰고 갔다. 그를 전쟁이라는 상황에 유배시키고, 아내와 자식을 잃게 했으며, 어떤 측면에서는 결정적으로 이방인으로 만들어버렸다.

내가 기억하기로 오고자에서 처음 아버지를 보았을 때 그는 꼭 코안경을 쓰고 있었던 것 같다. 도대체 왜 그렇게 생각하게 된 것일까? 이미 그 시절에 코안경은 그리 흔히 볼 수 있는 물건이 아니었다. 어쩌면 니스에서는 과거에 연연하는 몇몇 노인들이 그 소품을 간직하고 있었을지도 모른다. 내 상상 속에서 코안경은 턱수염과 구레나룻을 멋지게 다듬은 옛 러시아 황제 군대의 장교나 '전당포'에 드나드는 파산한 발명가에게나 완벽하게 어울린다. 그런데 왜 나는 아버지에게 그 안경을 씌우는 것일까? 실제로 아버지는 1930년대에 유행하던 안경을 쓰고 있었음이 틀림없다. 가느다란 쇠테에 빛을 반사하는 동그란 유리알이 끼워져 있었으며, 루이 주베나 제임스 조이스(아버지와 닮은 데가 좀 있다)처럼 그와 동시대를 산 남자들의 초상화에서 볼 수 있는 안경이다. 그러나 단순한 안경 하나만으로는 첫 만남에 대해 내가 간직하고 있는 이미지를, 다시 말해 미간에 수직으로 팬 두 주름이 강조하는 그 낯설고 냉엄한 시선을 표현하기에는 충분하지 않다. 그에게는 영국적인, 더 정확히 말하자면 앵글로색슨적인 면이 있었다. 복장의 엄격함이랄지, 단번에 자신의 몸에 입혀버린 뻣뻣한 자세가 바로 그런 면이었다.

나이지리아의 하커트 항에서 오고자에 이르는 길은 멀었다. 우리는 그때까지 보았던 자동차와는 완전히 다른, 첨단기술을 과시하는 듯한 커다란 포드 V8을 타고 거센 비바람 속을 헤쳐갔다. 그러나 그 고장에 도착해서 처음 얼마 동안 내게 충격적이었던 것은 아프리카가 아니었다. 오히려 기이하고도 어쩌면 위험스러울지도 모른다고 느꼈던, 내가 알지 못하는 아버지를 발견하는 일이었다. 아버지를 코안경으로 희화함으로써 나는 내 감정을 정당화하고 있었던 것이다. 내 아버지가, 나의 '진짜' 아버지가 그때 코안경을 썼다는 것이 과연 있을 법한 일이겠는가?

그의 권위적인 모습은 즉시 문제를 일으켰다. 우리, 그러니까 형과 나는 규율이라고는 거의 없는 무질서의 천국과도 같은 곳에서 살아왔었다. 우리가 부딪혔던 권위라곤 기껏해야 할머니가 가진 것이었다. 그녀는 이성과 부드러움을 선호하는 관대하고 세련된 부인으로, 어떤 형태로든 아이들에게 체벌을 가하는 것에 반대했다. 외할아버지는 모리셔스 섬에서 젊은 시절을 보내면서 좀더 엄격한 도덕교육을 받은 분이었다. 하지만 이미 막바지에 접어든 나이인데다, 할머니에 대한 사랑과 골초들이 흔히 느끼는 우수 때문에 평화롭게 담배를 피우기 위해 골방 문을 걸어잠그고 홀로 있기를 좋아했다.

어머니는 공상에 잠기길 좋아하는 매력 넘치는 분이었다. 우리는 어머니를 좋아했고, 어머니 역시 우리의 장난에 즐겁게 웃음을 터뜨리곤 했던 걸로 기억한다. 나는 어머니가 언성을 높이는 것을 본 적이 없다. 이쯤 되면 우리의 유치한 테러가 그 조그만 아파트를 지배하는 데는 어떤 제재도 있을 리 없었다. 돌이켜보면 아프리카로 떠나기 전 몇 년 동안 우리는 꽤 끔찍해 보이는 일들을 저질렀다. 어느 날은 형의 부추김에 동해, 7층 건물 맨 꼭대기에서 동네를 내려다보기 위해 내 키보다 높은 발코니 난간을 타고 처마까지 올라간 적이 있었다. 그 장면은 아직도 내 눈에 선하다. 할아버지 할머니와 어머니는 너무 겁에 질린 나머지, 그들의 뜻대로 우리가 거기에서 내려왔을 때 야단치는 것조차도 잊어버릴 정도였다.

또 단순히 사람들이 내게 사탕이나 장난감 같은 것을 주지 않는다는 이유로, 말하자면 너무도 하찮은 일이라 내게 아무 상처도 남기지 않는 그런 이유로 몹시 격한 분노에 사로잡히기도 했다. 통제되지 않는 분노 속에서 나는 손에 잡히는 것은 무엇이든, 심지어 가구까지 창 밖으로 내던졌다. 그 순간에는 아무것도, 아무도 나를 진정시킬 수 없었다. 분노가 폭발하던 때의 감각이 요즘도 가끔씩 느껴질 때가 있다. 그 상태는 에테르(당시에는 편도선을 제거하기 전에 아이들에게 그 기체를 코로 들이마시게 했다) 중독환자의 취기에나 견줄 수 있는 것이었다. 그런 순간에는 모든 통제가 상실된 상태에서 공중에 떠 있는 듯한 느낌과 극도로 선명한 의식이 동시에 공존한다. 그 시기는 또한 내가 극심한 두통에 시달리던 때이기도 하다. 때로 그 고통이 너무도 심해서 빛을 보지 않기 위해 가구 아래로 숨어야 했다. 그 발작들은 어디서 연유한 것일까? 지금으로서는 전쟁의 불안이라고밖에 설명할 수 없다. 닫혀 있고 음울한, 희망 없는 어떤 세계가 일으키는 불안. 형편없는 음식들, 특히 검은 빵. 사람들은 그 속에 톱밥이 들었다고도 했다. 세 살 때는 그 빵 때문에 죽을 뻔한 적도 있었다. 니스 항에 폭탄이 투하됐을 때 나는 할머니 방 안의 욕실바닥에 내동댕이 쳐졌다. 내 발 아래로 바닥이 무너지는 듯하던 감각을 나는 아직도 잊을 수가 없다. 그리고 할머니 다리에 생긴 궤양도 기억난다. 먹을 것도 없는데다 약마저 부족해 증상은 나날이 악화되고 있었다. 아버지가 영국군 소속이라는 이유로 어머니는 먼 수용소로 끌려갈 위기에 처해 있었다. 사태를 모면하기 위해서는 산골 마을에 숨어 지내야만 했는데 나도 거기 함께 있었다. 우리는 모두 식료품 가게 앞에 줄서 있었다. 그때 할머니 다리의 벌어진 상처 위로 파리들이 날아와 앉던 장면이 눈에 선하다.

아프리카로의 여행은 그 모든 것에 종지부를 찍었다. 근본적인 변화였다. 나는 떠나기 전 아버지가 시키는 대로, 브르타뉴 지방의 어린 소년들처럼 길게 기르고 있던 머리카락을 잘라야 했다. 그 결과 귓가에 작열하는 햇빛을 바로 받는 고통을 감내해야 했지만, 그 과정을 통해 나는 정상적인 남성 대열에 들어갈 수 있었다. 이제는 그 끔찍하던 편두통을 앓지 않을 것이며, 유아기에 겪은 그 발작적인 분노를 마음껏 터뜨릴 수도 없게 될 것이다. 아프리카에 도착한 순간, 나는 어른의 세계로 통하는 대기실에 들어선 것이었다.

조지타운에서 빅토리아로

　서른 살이 되던 해에 아버지는 사우샘프턴을 떠나 영국령 기아나의 조지타운으로 가는 여객선을 겸한 화물선에 오른다. 그 시절 모습을 담은 몇 장 되지 않는 사진을 보면, 아버지는 활동적인 외양에 건장한 몸을 가진 남자 같다. 게다가 빳빳이 세운 칼라에 넥타이를 매고, 조끼까지 갖춘 한 벌 정장에 검은 가죽구두를 신고 있는 우아한 신사 차림이다. 운명적인 1919년의 설날, 그가 고향의 가족으로부터 쫓겨나 모리셔스 섬을 떠난 지 거의 팔 년이 되었을 무렵이었다. 그는 모카에서 보낸 마지막 며칠간 일어난 일들을 조그만 수첩에 기록하고는 마지막으로 이렇게 적고 있다. "지금은 여기서 아주 멀리 떠나 다시는 돌아오고 싶지 않은 마음만이 간절할 뿐이다." 실제로 기아나는 모리셔스 섬의 대척점에 있는 세상의 다른 끝이었다.*

과연 모카에서 벌어진 그 극적인 사건이 멀고 먼 타향살이를 정당화했을까? 필경 그 섬을 떠나던 순간, 그는 앞으로 영원히 잊지 않을 어떤 결심을 한 게 분명하다. 그는 다른 사람들과 같을 수 없었다. 그는 잊을 수 없었다. 모든 가족이 뿔뿔이 흩어지게 된 근원에 어떤 사건이 있었는지 그는 결코 말하지 않았다. 때때로 그 자신도 모르는 사이에 불 같은 분노가 순간적으로 터질 때 나 혼자 어렴풋이 짐작해볼 뿐이었다.

아버지는 칠 년 동안 런던에서 공부했고, 공과대학에 다니다가 의과대학으로 편입했다. 그는 가족이 파산한 바람에, 정부 장학금에 의존할 수밖에 없었다. 그는 자신이 실패하는 것을 용인할 수 없었다. 그는 열대의학을 전공하기도 했거니와, 자신의 상황에서는 개인 병원을 차릴 길이 없다는 것도 잘 알고 있었다. 사우샘프턴 병원 책임자가 요구한 명함에 대한 일화는 그가 유럽사회와 결별하기 위한 단순한 구실에 지나지 않았던 것 같다.

---

* 남아메리카 적도 부근의 기아나가 대서양에 접해 있는 반면, 모리셔스 섬은 인도양 위에 떠 있다.

그 시기 아버지의 삶에 즐거운 순간이 있었다면, 오직 파리에 사는 삼촌 집에 갈 때뿐이었다. 사촌 여동생인 내 어머니에 대해 느끼는 열정 때문이었다. 프랑스에서 그들과 함께 보내는 휴가는 더이상 존재하지 않는 과거를 향한 상상 속의 회귀와도 같았다. 아버지는 삼촌과 같은 집에서 태어나 같은 성장 과정을 겪었으며, 같은 장소와 비밀과 내밀한 은신처를 알고 있었고, 같은 개천에서 멱을 감았다. 반면 어머니는 거기서 산 적이 없다(그녀는 미이*에서 태어났다). 그러나 그녀는 자신의 아버지에게 수많은 이야기를 들었기에, 그곳은 그녀의 과거의 일부분이 되어 있었다. 어머니는 그곳에 대하여 다가갈 수 없는, 그러나 친근한 꿈의 향취를 느꼈다(당시 모리셔스 섬은 너무 멀어서 꿈속에서나 갈 수 있는 섬이었다). 아버지와 어머니는 그 꿈을 통해 하나가 되었다. 그들은 돌아갈 수 없는 나라에서 추방된 자들처럼 함께 있었다.

그래도 상관없었다. 아버지는 떠나기로 결심했고 떠날 것이었다. 식민지부 장관이 그를 기아나의 모든 강 유역을 순회하는 의사로 임명했다. 그는 도착하자마자 종려나무 잎으로 엮은 지붕을 이은, 그리고 긴 축이 달린 포드 모터를 장착한

---

* 파리 근교에 있는 일 드 프랑스 지방에 속한 도시.

길고 평평한 카누 한 척을 임대한다. 그리고 그 배를 타고 간호사들과 조종사, 그리고 안내원과 통역으로 이루어진 팀과 함께 마자루니 강, 에세케이보 강, 쿠푸룽 강, 데메라라 강 들을 거슬러 올라간다.

아버지는 사진을 찍어 모은다. 주름상자가 부착된 라이카 카메라로 찍은 흑백사진들은 새로운 세계 앞에서 그가 느낀 감격과 타향살이의 소외감을 언어보다 잘 재현해낸다. 열대의 자연은 그에게 새로운 발견이 아니었다. 모리셔스 섬의 협곡들 사이로, 모카의 다리 아래로 흐르던 '적토(赤土)강'은 강의 상류에서 발견하는 것과 다르지 않았지만, 그 거대한 자연은 아직 인간세계에 완전히 속해 있지 않은 것이었다. 그가 찍은 사진에는 고독과 버림받음, 세상에서 가장 멀리 떨어진 아득한 기슭에 가닿은 듯한 느낌이 배어 있다. 베르비스 항 부두에서 찍은 사진을 보면, 한 척의 카누가 비쩍 마른 나무들이 드문드문 서 있는 함석지붕 마을을 향해 흑갈색 물 위를 미끄러져가고 있다. 그는 자신이 살던 집도 찍었다. 말뚝 위에 지은 일종의 판잣집이 텅 빈 도로가에 버티고 있고, 그 옆에는 조금은 뜬금없어 보이는 종려나무 한 그루가 서 있다. 어떤 때는 조지타운의 도시 풍경을 찍기도 했다. 그곳은 더위 속에 잠든 적요한 도시였다. 태양을 피해 덧창을 닫은 흰 집들이 열대

지방 하면 떠오르는 그렇고 그런 종려나무들에 둘러싸여 있는 풍경.

아버지가 즐겨 찍은 것은 대륙의 오지(奧地)를 잘 보여주는 사진들이다. 급류의 그 놀라운 힘이라니! 검푸른 숲이 장벽처럼 늘어선 강기슭에서 사람들은 급류를 거슬러 카누를 둥근 통나무들 위에 올려놓은 다음, 밧줄로 당겨 폭포가 떨어지는 돌계단 옆으로 끌어올려야 한다.

마자루니 강 위로 떨어지는 카부리의 폭포, 카마쿠자의 병원, 강 하류를 따라 줄지어 늘어선 나무집, 다이아몬드 사냥꾼들로 붐비는 가게들. 그리고 마자루니 강줄기 위로 불현듯 찾아드는 고요한 평화. 반짝이는 물거울이 시선을 사로잡아 몽상 속으로 끌어들인다. 사진 속에는 강 하류를 타고 내려가는 카누의 솟은 뱃머리도 등장한다. 나는 그 사진을 바라보며 바람을 느끼고 물 냄새를 맡는다. 모터의 요란한 소음을 뚫고 숲속 곤충들이 내지르는 세찬 울음소리도 들린다. 사진 안에서, 밤이 다가오면서 일기 시작하는 불안을 읽기도 한다. 데메라라 강 하구에서는 그 지방에서 생산된 설탕을 도르래를 이용하여 녹슨 화물선에 싣고 있다. 지나가는 배가 헤쳐놓아 출렁이는 물결이 파도처럼 밀려와 사라지는 해변에서 두 인디언 아이가 나를 바라보고 있다. 여섯 살가량 된 소년과 비슷한 또래의 누이다. 둘 다 내가 그 나이였을 때처럼 횟배를 앓아 배가 부풀어올랐으며, 새카만 머리카락은 눈썹과 같은 높이로 짧게 자른 '바가지' 모양이다. 아버지가 기아나에서 체류한 끝에 가져온 것이라고는, 강가에 서서 햇빛 때문에 약간 인상을 찌푸린 채 아버지를 유심히 바라보고 있는 그 두 인디언 아이에 대한 추억과 강 하류를 따라 설핏 보이는 아직 야생을 간직한 한 세계의 이미지가 전부였다. 그곳은 신비에 둘러싸인 상처받기 쉬운 세계였으며, 질병과 두려움과, 황금 채취자들과 보석 사냥꾼들의 폭력이 난무하고, 사라져가는 아메리칸 인디언의 세계에 대해 사람들이 절망 섞인 곡조를 흥얼대던 곳이다. 그 아이들이 아직 살아 있다면 어떻게 되었을까? 아마 지금쯤은 생의 말년에 접어든 늙은이가 되었을 것이다.

먼 훗날, 이번에는 내가 강 유역을 따라 그 인디언들의 나라에 갔다. 그곳에서 나는 그들과 비슷한 아이들을 알게 되었다. 아마 그 세계도 많이 변했고, 강과 숲 역시 아버지의 젊은 시절보다는 덜 순수할 것이다. 그러나 나는 그가 조지타운의 항구에 발을 내딛는 순간 느꼈던 모험에 뛰어드는 듯한 설렘을 이해할 것 같았다. 나도 카누를 한 척 샀다. 배 가장자리에 더 잘 밀착하기 위해 발가락을 힘주어 벌린 채 뱃머리에 서서 손에 쥔 기다란 노를 흔들흔들 저으며 나아갔다. 가마우지들이 내 앞을 날아가고, 바람이 내 귓속으로 숨결을 불어넣는다. 내가 지나간 뒤로 모터의 메아리가 울창한 숲 속으로 깊이 파고 들어 퍼지는 여운이 아득히 들려온다. 아버지가 배 앞쪽에서 찍은 사진을 유심히 관찰한 터라, 나는 주둥이가 약간 네모진 뱃머리와 둥글게 말아놓은 정박용 밧줄뿐만 아니라 얇은 삼 각판이 달린 넓적한 인디언 노 '카날레테'까지도 알아볼 수 있다. 카날레테는 경우에 따라서 의자로도 사용할 수 있도록 선체를 따라 길게 놓여 있다. 내 앞으로 아득하게 펼쳐진 강의 '길' 저 끝에는 양안의 검푸른 숲벽이 맞닿아 닫혀 있다.

내가 인디언들의 땅에서 돌아왔을 때, 아버지는 고집스런 침묵 속에 갇힌 채 이미 병들어 있었다. 나는 아버지에게 인디언들을 만난 얘기를 했다. 그들이 아버지가 다시 강 유역으로 돌아오기를 바라고 있으며 그의 지식과 의약품에 대한 보답으로 원한다면 언제까지나 잘 곳 먹을 것을 그에게 바치고 싶어한다는 소식을 들려주었을 때, 그의 눈동자가 반짝이던 것을 나는 기억한다. 아버지는 엷은 미소를 지었다. 그리고 이런 말을 했던 것 같다. "십 년 전이라면 그곳에 갔을 거다." 너무 늦어버렸다. 시간은 거슬러 흐르지 않는다. 꿈속에서조차.

아버지가 아프리카에서 살 것을 결심한 곳은 기아나였다. 강 유역에서 두 해라는 세월을 보내고 난 다음, 그는 새삼 유럽으로 되돌아올 수는 없었다. 이기주의적이고 허영심 많은 사람들 사이에서 갑갑하게만 느껴졌던 그 조그만 나라 모리셔스 섬으로는 더더욱 돌아갈 수 없었다. 제1차 세계대전이 끝날 무렵 서아프리카에는 영국이 독일에게서 빼앗은 땅에 한 자리가 마련된 참이었다. 영국의 통치 아래 놓이게 된 그곳은 나이지리아 동부에서 카메룬 서부에 이르는 지대였다. 아버지는 확고한 의지를 보였고, 1928년 초 마침내 비아프라 만에 위치한 빅토리아 항을 목표로 아프리카 해안을 항해하는 한 선박에 몸을 싣게 된다.

　그로부터 이십 년 후 전쟁이 끝났을 때, 나는 나이지리아에 머물러 있는 아버지와 만나기 위해 어머니와 형과 함께 바로 그 여정을 그대로 밟게 된다. 그러나 아버지는 시국의 흐름에 따라 이리저리 끌려다니는 아이가 아니었다. 아프리카로 떠나던 당시 그는 서른두 살이었고 아메리카 열대지방에서 두 해 동안 단련된 성인이었으며, 매일 아무런 보호장치도 없이 응급상황에서 질병이나 죽음과 더불어 지낸 만큼 잔뼈가 굵어 있었다. 게다가 아프리카에서 그보다 먼저 의사생활을 한

70

70

그의 형 외젠이 분명 일러주었을 것이다. 그가 가는 나라가 결코 쉬운 곳이 아니라고, 나이지리아는 영국군이 점령해서 아마 '평화'가 유지되긴 하겠지만 크고 작은 전쟁이 끊이지 않는 나라라고. 그들끼리의 전쟁, 가난과의 전쟁, 식민지 유산으로 물려받은 부패와 학대와의 전쟁, 그리고 무엇보다 미생물과의 전쟁을 의미하는 말이었다. 그들이 칼라바르 시나 카메룬에서 만나는 적은 성스러운 영혼 아로 추쿠와 그것이 내리는 신탁도 아니고, 풀라니 족 군대와 아라비아로부터 들여온 기병총도 아니다. 그 적의 이름은 크와시오르코르, 코머 박테리아, 촌충, 빌하르지아, 천연두, 아메바성 이질이었다. 그 적들과 마주할 때면 아버지는 자신의 왕진가방이 너무도 가볍게 느껴졌을 것이다. 그가 가진 것이라곤 기껏해야 메스, 지혈용 핀셋, 천두기(穿頭器), 청진기, 동맥 압박기, 그리고 몇몇 간단한 기구들이 전부였으니 말이다. 그 가운데 놋쇠주사기는 훗날 내게 예방접종을 하는 데 사용되었다. 항생제나 코르티손*은 있지도 않았고 술폰아미드제는 희귀했으며, 가루약이나 연고제는 마녀의 묘약만큼이나 신기하고 예외적인 것이었다. 전염병과 싸우기에는 사용 가능한 백신의 양이 극히 제

---

* 신경통에 듣는 호르몬의 일종.

한되어 있었고, 그 모든 질병과 전투를 벌이기 위해 아버지가
다녀야 할 영토는 방대했다. 아프리카에서 아버지를 기다리
고 있던 것들에 비하면, 기아나의 강 유역을 거슬러 올라가던
원정은 산책처럼 느껴졌을 것이다. 그는 힘이 다할 때까지 스
물두 해를 아프리카 서부지역에 머물게 된다. 그곳에서 출발
의 감격에서부터 나이저 강, 베누에 강과 같은 대하천과 카메
룬의 고원지대를 발견하기까지 모든 것을 경험하게 될 것이
다. 그는 말을 타고 산속의 오솔길을 다니며 아내와 함께 사랑
과 모험을 나눌 것이다. 그러고는 고독과 전쟁이 주는 불안으
로 인해 피폐해지고, 마침내 마지막 순간에 이르러서는 삶의
한계를 넘어섰다는 신랄한 감정마저 느끼게 될 것이다.

    먼 훗날 아버지가 한 것처럼 다른 세상으로 여행을 떠났을
때에야 비로소 나는 그 모든 것을 이해할 수 있었다. 그의 생
각을 읽을 수 있게 도와준 것은 그가 이보 지방이나 카메룬의
초원지대에서 가져온 가면이나 조각상 같은 희귀한 물건도,
몇 점의 가구도, 처음 아프리카에 도착해 몇 년 동안 찍은 사
진도 아니었다. 나는 아버지가 은퇴하여 프랑스로 돌아온 후
에도 계속 사용한 생활용품들―푸른색과 흰색으로 법랑을
입힌 스웨덴 제 금속 찻잔과 접시들, 오랜 세월 식기로 사용한

알루미늄 그릇들, 시골의 여행자용 오두막에서 사용했던, 겹쳐서 한 통에 넣게 되어 있는 취사도구들 — 에 내포된 의미들을 더 잘 읽어낼 수 있게 되면서, 다시 말해 그것들에 새로운 시선을 던질 수 있게 되면서 그를 더 잘 이해할 수 있었다. 덜컹대는 길 때문에 찌그러지고 흠집이 난, 폭포처럼 쏟아지는 비의 자국과 적도의 태양이 수놓은 독특한 장식이 새겨진 다른 물건들도 나는 새로이 바라보았다. 아버지가 자신에게서 떼어버리기를 완강하게 거부한 그 물건들은, 어떤 골동품이나 토산품보다 값진 것이었다. 쇠로 가장자리를 두른 나무 트렁크들의 경첩과 자물쇠에는 그가 여러 번 새로 칠한 흔적이 남아 있고, 그 위에 적힌 종착항의 주소도 아직 알아볼 수 있다. '카메룬, 빅토리아 시, 종합병원'. 키플링이나 쥘 베른 시대의 여행자에게나 어울릴 여행가방들 외에도 밀랍 입힌 상자들, 검은 비눗조각들, 석유램프, 알코올램프, 그가 생을 마감할 때까지 줄곧 차와 가루 설탕을 담았던 '마리' 양철비스킷통 등 온갖 물건이 즐비했다. 의료기구들도 있었다. 외과수술용 의료기구들은 그가 프랑스에 돌아온 이후로는 주로 요리할 때 사용되었는데, 예를 들어 메스로 닭고기를 잘라서 지혈용 핀셋으로 접시에 더는 식이었다. 가구들 가운데 그가 애착을 가진 것은 흑인예술품으로 유명한 통나무 걸상이나 키

높은 의자가 아니었다. 그는 오히려 삼베와 대나무로 만든 그 해먹은 접이식 의자와 라디오를 올려놓던 작은 등나무 탁자를 더 좋아했다. 산길을 떠날 때면 언제나 그것들을 잊지 않고 가져가 여행자용 오두막에서 사용했으며, 죽는 날까지 매일 저녁 일곱시만 되면 그 라디오로 BBC 뉴스를 들었다. "빰빰 빰빰! 대영 방송국입니다. 뉴스를 전해드리겠습니다!"

　그는 한 번도 아프리카를 떠나지 않은 것 같았다. 프랑스로 돌아왔을 때도 그의 몸엔 직업으로 인해 굳어진 습관들이 완전히 배어 있었다. 여섯시에 기상하여 언제나처럼 카키색 마직바지를 입고 밀랍으로 닦은 구두를 신고 모자를 쓴 다음, 마치 예전에 병원에서 일할 때 환자들의 침상을 회진하던 것처럼 장을 보러 간다. 여덟시에 집에 돌아오면 수술하듯이 정교하게 식사를 준비한다. 그는 옛 군인들의 모든 편집증적인 습관도 간직하고 있었다. 머나먼 타국을 돌아다니며 고된 의사 훈련을 받았던 만큼 그의 양손은 숙련되어 있었고, 거울을 보면서 자기 몸 특히 탈장된 복부를 스스로 수술하고 꿰맬 수도 있었다. 외과의 노릇을 하며 굳은살이 박인 그의 손은 톱으로 뼈를 자르거나 골절 입은 부위에 부목을 댈 수 있을 뿐만 아니라, 굵은 밧줄을 꼬아 매듭을 지을 줄도 알았다. 바로 그런 아버지가 이제, 은퇴한 사람들조차 거부하는 자질구레하고 보람 없는 일들에만 에너지와 지식을 사용하게 된 것이었다. 그러나 그는 설거지를 하고 아파트 바닥의 깨진 붉은 육각 타일을 수선하고, 양말을 꿰매고 헌 나무상자로 긴 의자나 선반을 만드는 데도 똑같은 열성을 바쳤다. 그처럼 아프리카는 그의 내면에 깊은 흔적을 새겨놓았다. 그것은 모리셔스 섬의 가족에게 받은 스파르타식 교육이 남긴 흔적들과 혼동되기까지 했다. 매일 아침이면 시장에 가기 위해 걸치던 서구식 복장이 아버지의 몸에는 너무 무거웠던지, 그는 집으로 돌아오자마자 곧장 카메룬의 하우사 족들이 입는 튜닉 형태의 헐렁한 푸른 남방을 걸치고는 잠자리에 들 때까지 벗지 않았다. 내가 본 아버지의 말년은 바로 그러했다. 이제 그는 모험가도 불굴의 군인도 아니었다. 다만 자신의 인생과 열정에서 추방되어 이방인이 되어버린 늙은 잔존자일 뿐이었다.

　　아버지에게 아프리카는 그가 황금해안의 아크라 시에 발을 내딛는 순간부터 시작되었다. 흰옷을 입고 칸푸르 산 둥근 모자를 쓴 유럽 여행객들이 흑인이 끌어올리는 바구니에 실려

길고 평평한 카누에 옮겨 타고 육지까지 올라오는 식민지 특유의 광경이 펼쳐졌다. 사업을 하기 위해 본국에서 건너와 빠른 시간 내에 돈을 벌려는 모든 사람들에게 해안 곡선을 따라 세네갈의 갑에서 기니 만까지 이어지는 좁은 지대는 낯선 아프리카가 아니었다. 반세기도 채 되지 않은 시간 안에 금기와 특권과 폐습과 이득을 둘러싸고 하나의 사회가 건설되었다. 은행가, 무역업자, 민간인이나 군 행정가, 재판관, 경찰관과 헌병 등 특권 계급만을 위한 폐쇄된 장소들이 마련되었다. 그들은 기아나의 조지타운에서 유럽인들이 그랬던 것처럼 라고스, 코토누나 로메 등의 큰 항구도시에 머물면서 흠잡을 데 없는 잔디밭과 골프장을 갖춘 호화롭고 깨끗한 지역을 건설했다. 드넓은 종려나무숲속에는 라고스의 의료센터 책임자의 저택처럼 인공호수를 팠으며, 그 가두리에는 값비싼 나무를 심고 화장(化粧) 벽토로 궁전을 지었다. 좀더 먼 곳에는 러디어드 키플링과 라이더 하거드가 각각 인도와 동아프리카에 대해 묘사했던 것처럼 복합적인 피라미드 형태의 식민지 피지배자 집단이 그 주위를 둘러싸고 있었다. 그들은 하인계층, 알선책을 맡고 있는 유동적인 완충계층, 재판소 서기, 사환, 수위 등 이루 헤아릴 수 없이 많은 부류의 사람들로, 반쯤 유럽식으로 옷을 입고 신발을 신고 검은 우산을 들고 다녔다. 그

바깥으로는 아프리카인들이 거대한 대양을 이루고 있었다. 그들이 서구인들에 대해 아는 것이라고는 그들이 내리는 명령과, 동네와 마을 전체에 경적을 울려대고 자욱한 먼지를 일으키면서 질주하는 검은 강철 자동차 같은 비현실적인 이미지뿐이었다.

아버지가 혐오스럽게 여겼던 것은 바로 그런 이미지였다. 그는 모리셔스 섬과 그 식민지의 과거와 결별했고, 농장주와 그들의 거만한 태도를 조롱했다. 한 인간이 명함 한 장으로만 평가되던 영국 사회의 순응주의를 탈피하고자 한, 다이아몬드 사냥꾼과 영양실조에 걸린 인디언에게 붕대를 감아주고 터진 살을 꿰매주고 보살펴주던 그였다. 그런 그가 칵테일 파티와 화려하게 차려입고 골프를 즐기는 이들, 비굴한 하인들, 부엌 뒷문으로 들어와 매춘을 하고 그들의 정부(情婦)가 된 겨우 열다섯 살의 흑인 소녀, 더위 먹고 키득거리다가도 장갑이나 먼지나 깨진 접시 같은 하찮은 문제로 하인들에게 화풀이나 해대는 그들의 아내들과 식민지의 그 거만하고 허영심 가득한 부당행위 앞에서 구토를 느끼지 않을 리 없었다.

아버지가 그런 것들에 대해 말한 적이 있던가? 내가 어린 시절부터 식민체제에 대해 느껴온 이 본능적인 거부감은 어디서 연유하는 것일까? 틀림없이 나는 행정관들의 우스꽝스

러운 행태들에 대해 어떤 말이나 불쾌한 지적을 주워들었을
것이다. 일례로, 이따금 아버지는 나를 데리고 아바칼리키 시
에 있는 한 공무원을 만나러 갔었다. 그는 자신이 키우는 발
바리 강아지들에게 쇠고기 안심과 광천수만을 먹였다. 망원
경이 달린 총과 포탄을 갖추고 사자나 코끼리 사냥을 하느라
무리지어 다니던 백인 장정들에 관한 이야기도 분명 들었을
것이다. 아버지는 아프리카 깊숙한 오지에서 그들과 마주치
곤 했는데, 그들이 그를 사파리 가이드로 착각하고 야생동물
의 분포 실태에 대해 물으면 이렇게 대답했다. "난 여기서 스
무 해 이상 지내왔는데, 뱀이나 독수리라면 몰라도 다른 야생
동물은 한 마리도 보지 못했소." 카메룬 접경지역의 오부두
에 임명된 행정관에 대한 기억도 있다. 그는 자신이 죽인 고
릴라들의 해골을 내게 만져보게 하면서 즐거워했고, 그의 집
뒷동산을 가리키며 고릴라가 살고 있다고 했다. 저녁이 되면
자신들의 존재를 알리려는 듯 쿵쾅거리며 가슴을 치는 둔탁
한 소리가 울려 퍼져 그를 자극한다고도 했다. 그러나 무엇보
다 아바칼리키 수영장으로 향하는 도로 위에서 사슬에 묶인
흑인 죄수들이 열지어 지나가던 광경이 기억에 남는다. 그들
은 총을 든 경찰들에 포위된 채 발맞춰 걸어가고 있었다.

　어쩌면 그 거부감은 그렇게 새로운 모습을 지녔으면서도

근대화된 세계에 의해 그토록 학대받는 이 대륙에 대한 어머니의 시선이 아니었을까? 어머니는 아버지와 살았던, 우리가 언젠가는 그와 함께 살기로 되어 있었던 그 고장에 대해 나와 형에게 무엇을 말해주었던가? 기억이 나지 않는다. 단지 어머니가 아버지와 결혼하고 카메룬에 가서 살기로 결심했을 때 그녀의 파리 친구들이 한 말을 기억할 따름이다. "뭐라고, 그 야만적인 나라에서 살겠다고?" 어머니는 아버지가 그녀에게 해준 이야기들을 들려준 다음, 이렇게 대답할 수밖에 없었다. "그들은 파리 사람들보다 야만적이지 않아!"

라고스를 지나면 오웨리, 그리고 나이저 강에서 멀지 않은 곳에 아보가 있다. 이미 아버지는 '문명화된' 지역에서 멀리 떨어져 있다. 이제 그는 앙드레 지드가 『콩고 기행』(그는 아버지가 나이지리아에 도착한 시기와 거의 비슷한 때에 여행했다)에서 묘사하고 있는 것과 비슷한 적도 부근의 아프리카 풍경과 마주하고 있다. 해협만큼이나 넓디넓은 강 하류에서는 길고 평평한 카누와 회전판으로 움직이는 외륜선이 운항되고 있다. 아호아다 강의 지류를 거슬러 올라가면 종려나무 잎으로 지붕을 얹은 '삼판'* 배들이 여러 개의 노를 저으며 떠다니고, 칼라바르 강에 이르면 울창한 숲을 큰 칼로 잘라 만든 초승

달 모양의 오부쿤 마을이 나타난다. 이것은 일하는 시간의 대부분을 보내게 될 고장이자, 어쩔 수 없이 진정한 고향으로 자리잡을 그곳에서 아버지가 발견한 첫 이미지들이다.

아버지가 스무 날의 긴 여행 끝에 빅토리아에 당도했을 때 경험했을 흥분을 상상해본다. 그가 아프리카에서 찍은 사진들 중에 유난히 내 마음을 감동시키는 사진이 한 장 있다. 아마 아버지가 특별히 골라 확대해서 액자에 넣어둔 사진이라서 더 그랬던 것 같다. 그 사진은 무언가 시작되는 느낌, 아프리카의 문턱 다시 말해 처녀지에 들어선 듯한 느낌을 드러내고 있다. 사진 속에는 민물이 바다와 섞이는 강 하구가 보이고, 빅토리아 만의 곡선이 끝나는 한쪽 땅끝에는 종려나무들이 바람에 밀려 넓은 공간을 향해 기울어져 있다. 바다는 검은 바위들에 부딪치고 해안으로 밀려와 소멸된다. 부서진 포말은 바람에 흩날려 숲의 나무들 위로 날아가 늪과 강에서 올라오는 증기와 뒤섞인다. 모래사장과 종려나무들이 있기는 했지만, 거기에는 뭔가 신비롭고도 야생 그대로인 것이 깃들어 있다. 사진 앞쪽으로 해안 아주 가까운 곳에 아버지가 묵

---

* 중국 및 동남아시아 지방의 연안 · 항내 · 하천 등에서 사용되는 작은 배.

었던 하얀 오두막이 보인다. 아버지가 아프리카의 여인숙을 말할 때 모리셔스 섬을 연상시키는 '야영장'이라는 단어를 쓰는 것도 다 이유가 있었다. 그 풍경이 그의 마음을 사로잡고 가슴을 뛰게 한다면, 그것이 어린 시절에 때때로 소풍을 갔던 모리셔스 섬의 타마랭 만이나 말뢰리 곶의 풍경일 수도 있기 때문이다. 어쩌면 그는 그곳에 도착한 순간, 잃어버린 순수함의 무언가를, 삶의 우연이 그의 가슴에서 송두리째 앗아가버린 그 섬을 되찾으리라고 믿었던 것은 아닐까? 어떻게 그가 그렇게 생각하지 않을 수 있었겠는가? 거기에는 모리셔스 섬에 있던 것과 같은 붉은 흙과 하늘, 바다에서 불어오는 변함없는 바람이 있었고, 가는 곳곳 도로와 마을마다 똑같은 얼굴들과 아이들 웃음소리와 태평스런 나태함이 존재했다. 어떤 의미에서 그곳은 본원의 땅이었다. 그곳에서 시간은 거꾸로 흘렀을 것이고, 오류와 배반으로 얽힌 실타래가 모두 풀어졌을 것이다.

그 때문에 하루라도 빨리 그 나라로 들어가 의사로 활동하고 싶어했을 아버지의 조급한 마음과 커다란 열망이 느껴진다. 빅토리아에서 그가 임무를 수행하기로 되어 있는 바멘다의 고원지대까지 가려면 카메룬의 산맥을 통과하는 여러 산

길을 거쳐야 했다. 그곳에서 그는 처음 몇 년 동안은 한때 아일랜드 수녀들이 운영하던 진료소에서 일하게 된다. 건물의 절반쯤은 파손되어 있었고, 진흙 벽은 말라서 갈라지고 지붕은 종려나무 잎으로 덮여 있었다. 그러나 바로 그곳에서 그는 생애의 가장 행복한 시간을 보내게 될 것이었다.

아버지의 집은 나무로 된 이층짜리 '나무꾼 집'이었는데, 그가 정성을 다해 나뭇잎들로 지붕을 다시 이은 집다운 집이었다. 좀더 아래 감옥들로부터 멀지 않은 계곡에는 아다마와 고원지대가 과거 영광을 누리던 시절의 모습 그대로, 높은 성문이 있는 진흙 성곽으로 둘러싸인 하우사 족의 도시가 있었다. 그로부터 조금 떨어진 곳에는 또다른 아프리카 도시 바멘다가 있다. 그곳에는 시장과 왕궁과, 영국 지방 행정관들이나 폐하의 휘하에 있는 장교들(그들은 영국 왕의 행차를 맞아 장식하기 위해 딱 한 번 왔을 뿐이다)이 일시적으로 머무는 집도 있었다. 아버지가 찍은 사진 중에는 영국 행정관 신사 나리들의 우스꽝스러운 모습이 담긴 것도 있다. 그들은 둥근 챙모자로 머리를 가리고 꼭 끼는 긴 양모양말 속에 종아리를 감싸 넣은 채 풀먹인 반바지와 남방 속에서 뻣뻣하게 굳은 자세로, 엉덩이에 천을 두르고 동물 털과 새 깃털로 머리장식을 한 아프리카 왕의 전사들이 투창을 흔들며 행진하는 모습을 구경하고 있다.

아버지가 어머니와 결혼식을 올린 다음 그녀를 데려온 곳은 바멘다였고, '나무꾼 집'은 그들이 함께 살았던 첫번째 집이었다. 그들은 그곳에서 처음이자 마지막으로 가구들을 샀다. 표범, 원숭이, 영양 등, 이로코 통나무에 카메룬 서부 고원지대의 전통적인 조각으로 장식한 탁자와 의자들이었다. 그들은 어디로 이사를 가든 그것들을 갖고 다녔다. 아버지가 찍은 '나무꾼 집' 거실의 사진 속에는 벽난로(바멘다의 겨울은 춥다)의 맨틀피스 위로 '식민지풍의' 장식이 보인다. 교차하는 두 개의 창과 하마가죽으로 만든 커다란 방패가 한 세트를 이루는 장식품인데, 이전에 살았던 사람이 남겨둔 물건임에 틀림없다. 아버지의 취향과는 너무 동떨어진 것이다. 반면 그는 조각된 가구들은 프랑스로 돌아올 때도 가지고 왔다. 그 가구들 사이에서 나는 유년기와 청소년기의 대부분을 보냈으며, 한 걸상 위에 걸터앉아 사전을 읽었다. 흑단나무 조각상들이나 청동방울들을 갖고 놀기도 했고, 자패(紫貝)로 오슬레 놀이*도 했다. 내게 조각된 나무들과 벽에 걸린 가면들은 이국적으로 느껴지지 않았다. 그 물건들은 내 안의 아프리카적

---

* 양의 다리뼈로 만든 공깃돌 놀이.

인 부분을 구성했으며, 내 삶을 연장하고 어떤 의미에서는 설명하기까지 했다. 그것들은 내가 태어나기 전 부모님이 그곳에서 살았던 세월, 행복했던 그 다른 세계에서의 세월에 대해 이야기해주었다. 어떻게 말해야 할까? 오랜 세월이 흐른 뒤, 그런 물건들이 그 내력을 전혀 알지 못하는 자들에 의해 구매되고 전시될 수 있다는 것을 알고 나는 경악과 분노를 금할 수 없었다. 그들에게 그 물건들은 아무 의미가 없었고, 그 가면과 조각상과 키 큰 나무의자들은 진정 살아 있는 사물이 아니라 흔히 '예술'이라 불리는 죽은 껍데기일 뿐이었다.

아버지와 어머니는 결혼해서 처음 몇 년 동안 '나무꾼 집'과, 카메룬의 고원지대에서 반소로 이어지는 도로를 떠다니면서 애정으로 충만한 삶을 나누었다. 그들의 고용인들도 그들과 함께 여행했다. 조수 은종, 통역사 친폰디, 짐꾼대장 필리푸스. 필리푸스는 어머니의 친구였다. 키는 작았지만 헤라클레스처럼 힘이 세서, 길을 트기 위해 나무둥치를 밀거나 아무도 들어올리지 못할 만큼 무거운 짐을 운반할 수도 있었다. 어머니는 그가 물에 빠진 그녀의 팔끝을 붙잡고 불어오른 강을 건널 수 있도록 여러 번 도와주었다는 얘기를 들려주었다.

그들의 여행에서 없어서는 안 될 동반자들이 또 있었다. 아버지가 바멘다에 도착하면서 분양받은 두 마리의 말, 제임스와 페가수스는 이마에 흰 별이 있었고, 온순하면서도 변덕스러웠다. '폴리송'*이라 불리는 아버지의 개도 있었다. 바싹 말라 어설프게만 보이는 포인터종이었는데, 길을 떠나면 맨 앞에서 달려갔고 아버지가 멈추면 어디서든 그의 발치에 엎드렸다. 아버지가 그 지역 왕과 함께 공식 사진을 찍기 위해 포즈를 취해야 했을 때에도 개는 거기에 함께했다.

* 프랑스어로 '악동' '개구쟁이' 라는 뜻.

반소

1932년 3월부터 아버지와 어머니는 바멘다의 '나무꾼 집'을 떠나 반소*의 산골에 터를 잡게 된다. 그 고장에 병원이 세워질 예정이었기 때문이다. 반소까지 가는 홍톳길에는 계절에 상관없이 자동차가 다닐 수 있었다. 그곳은 사람들이 '야만적'이라고 말하는 나라의 문턱이었으며, 영국의 권위가 집행되는 마지막 초소였다. 아버지는 그곳의 유일한 의사이자 유일한 유럽인이 될 것이었다. 그 사실 때문에 아버지가 불쾌할 리는 없었다.

---

* 오늘날의 쿰보. 카메룬의 바멘다 시 북동쪽에 있다.

그는 남서쪽으로는 프랑스령 카메룬 경계지역에서부터 북쪽으로는 아다마와 고원지대까지 이어지는 방대한 영역을 담당했다. 그 지대는 칸투, 아봉, 은콤, 붐, 품반, 발리 등 독일인들이 떠나면서 영국 정부의 직접적인 지배를 피할 수 있었던 대부분의 작은 부족들과 소규모의 왕국들까지 포함했다. 아버지는 자신이 만든 지도 위에 거리를 기록해두었는데, 킬로미터가 아니라 도보로 걸리는 날과 시간이 표시되어 있었다. 지도 위에 구체적으로 표시된 사항들은 그 고장의 실제 규모를 보여주며, 그가 그 지도를 좋아하는 이유도 바로 거기 있다. 걸어서 건널 수 있을 만큼 야트막한 강 건널목, 깊거나 물살이 거센 강, 기어서 올라가야 하는 산등성이, 꼬불꼬불한 산길, 말을 타고는 갈 수 없는 계곡 깊숙이 있는 가파른 길, 넘을 수 없는 절벽들. 켄고메리, 음비아미, 타냐, 은팀, 와피리, 은템, 완테, 음밤, 음포, 양, 은곤카르, 은콤, 은비르카, 은구…… 아버지가 직접 그린 지도들 위에 적어둔 이 지명들은 하나의 기도문처럼 경건하며, 태양 아래 초원을 횡단하거나 구름 사이로 솟은 산을 힘겹게 오르는 멀고 험한 강행군을 말해준다. 도보로 서른두 시간 거리는 험한 땅을 하루 십 킬로미터씩 걸어서 닷새 만에 이르는 거리다. 게다가 촌락과 야영지들에 머물며 치료하고 예방접종을 하고 지역 족장들과 대

화(그 특유의 길고 한가로운 토론 말이다)하고 불평과 신음 소리에 귀기울여야 할 뿐만 아니라, 순회일기를 적고 비용 절약에 신경을 곤두세우고 라고스에 의약품을 주문하고 진료소에 있는 간호사와 의무장교들에게 실행해야 할 지시사항까지 내려야 했다.

열다섯 해라는 긴 세월 동안 그 고장은 바로 그의 것이 될 것이었다. 그렇게 많은 곳을 돌아다니고 측정하고 고통받은 그보다 그 고장을 더 잘 느낄 수 있는 자는 영원히 없으리라 해도 과언은 아닐 것이다. 주민들을 한 사람 한 사람 찾아다니며 만나고, 수많은 아이들이 세상에 나오는 모습을 보고, 많은 사람들과 죽음의 길목까지 함께 간 아버지였다. 그는 그곳에 대해 아무 이야기도 하지 않았지만, 나는 그가 그 고장에 애착을 가지고 있었다는 것을 안다. 그 언덕과 숲과 초원들, 그리고 그곳에서 알았던 사람들이 남긴 흔적과 자국을 그는 이 세상을 떠나는 날까지 소중히 간직할 것이다.

아버지가 북서지방을 다니던 시절에는 지도라는 것은 있지도 않았다. 그가 얻을 수 있었던 인쇄된 지도는 모이젤이 1913년에 삼십만분의 일 축도로 작성한 독일군 참모본부의 지도가 전부였다. 주요 강줄기들을 제외하면, 베누에 강의 지류인 북쪽의 동가 카리 강과 남쪽의 크로스 강 정도가 표시되어 있을 뿐인데 그나마 정확하지도 않았다. 아버지가 담당하는 진료영역의 최북단에 위치한 마을 아봉은 엿새를 걸어야만 갈 수 있는 곳이지만, 독일군의 지도에는 물음표만 있을 뿐이었다. 카카와 음벰베는 해안지대에서 너무 멀리 떨어져 있어 마치 다른 나라에 속하는 것처럼 취급받았다. 그곳에 사는 대부분의 주민들은 유럽인들을 한 번도 본 적이 없었고, 어른 세대만이 독일군의 점령에 대한 끔찍한 기억을 갖고 있을 따름이었다. 거듭된 사형집행, 어린이 유괴. 분명한 것은 그들이 영국이나 프랑스의 식민정책과 그 권력이 무엇을 의미하는지에 대해서는 아무 개념도 없었으며, 세상 다른 끝에서 전쟁이 준비되고 있다는 사실을 상상조차 못 했다는 것이다. 그러나 그곳은 야생 그대로의 고립지역이 결코 아니었다(아버지는 나이지리아, 특히 오고자 주변 숲에 대해서는 정반대로 말했다). 오히려 그곳은 과실수와 참마와 수수를 재배하고 가축을 기르는 윤택한 고장이었다. 그곳의 왕국들은 보르누와 아가데즈 부족국가들이나 카노, 아다마와 고원지대 등의 북쪽 세력들의 영향 아래 있었고, 풀라니 족의 보부상들과 하우사 족의 전사들을 통해 전파된 이슬람 교리를 따르고 있었다. 동쪽으로는 바뇨 시와 보로로 족의 나라가 있고 남쪽 품반에는 바문 족의 고대문명지가 있는데, 특히 이들은 금속예술의 거장들로 무역을 할 뿐만 아니라 1900년에 니조야 왕이 발명한 문자를 사용하기도 한다. 생각해보면 유럽인들의 제국주의가 이 지역에 미친 영향은 아주 미미하다. 그에 비해 두알라, 라고스, 빅토리아가 변화를 겪은 것은 벌써 수년 전의 일이었다. 반소 산골지방에 사는 이들은 늘 그래왔던 것처럼 계속 느린 리듬으로, 그들을 둘러싼 숭고한 자연과의 조화 속에서 땅을 경작하고 긴 뿔의 소떼를 먹이며 살아가고 있었다.

아버지가 라이카 카메라로 찍은 사진들을 보면 그가 얼마나 그 고장을 찬미했는지 알 수 있다. 은코르 강 유역의 은숭리 족이 사는 고장은 숨막히도록 습한 기후에 위협적이기까지 한 식물들이 들어찬 해안지대이지만, 영국과 프랑스 점령군의 존재가 더욱 무겁게 짓누르는 해안지대와는 아무 공통점도 없는 또하나의 아프리카였다.

이곳에서 머나먼 지평선은 사방으로 펼쳐져 있고, 하늘은 더욱 광막하며, 벌판은 드넓어 시선이 끝없이 뻗어 초점을 잃어버렸다. 거기서 아버지와 어머니는 다른 곳에서는 결코 경험할 수 없었던 자유를 느꼈다. 그들은 때로는 걷고 때로는 말을 타며 온종일 헤매고 다녔다. 그리고 저녁이 되면 가던 길을 멈추고, 아름다운 별 아래 어느 나무 밑치, 키숑으로 가는 길목인 쾰루에서처럼 단출한 야영장에서 마른 진흙벽 오두막의

나뭇잎 지붕 아래 해먹을 걸고 잠을 청했다. 은툼보의 고원지
대에서 소떼와 마주치면, 아버지는 그 동물들을 배경으로 어
머니의 사진을 찍는다. 너무 높은 곳이라 안개 낀 하늘은 암소
의 반달 모양 뿔들에 기대어 선 듯하고, 주변의 산꼭대기들은
안개 베일에 가려져 있다. 인화 상태가 나쁨에도 불구하고 나
는 아버지와 어머니의 행복을 그대로 느낄 수 있다. 음벰베 족
의 고장인 '그래스 필즈' 지역 어딘가에서 하룻밤을 묵은 다
음날 아침, 아버지는 그 풍광을 필름에 담는다. 그러고는 인화
된 사진 뒷면에 평소와는 다른 감격에 찬 어조로 적는다. "우
리 눈앞에 펼쳐진 광활함, 그것은 끝없는 평원이다."

그가 고원지대와 초원들을 횡단하면서, 말을 타고 산허리를 감아도는 좁은 숲길을 밟으면서 느낀 감동이 내게도 전해지는 듯하다. 새로운 파노라마가 펼쳐지는 순간마다 그는 아프리카의 빛 속에 잠긴 신기루처럼 구름 위로 떠오르는 산꼭대기의 푸른 윤곽을 발견한다. 한낮에는 격렬하던 빛이 황혼이 질 무렵 온화해지고 나면, 붉은 흙과 황갈색 풀들은 어떤 비밀스런 불빛을 품고 있는 것처럼 보였다.

그들은 육체적 삶의 취기를 몸소 겪기도 한다. 협곡 바닥까지 내려가기 위해 말에서 내려 그것을 끌고 가야 할 때가 있다. 그렇게 한나절을 걷고 나면 이내 사지가 끊어질 듯한 피로에 휩싸인다. 타오르는 태양의 열기, 해소되지 않는 갈증 혹은 말 가슴까지 오는 물살을 가르며 건너야 했던 시리도록 차가운 강물. 어머니는 에름농빌의 회전목마를 타면서 배운 대로 두 다리를 한쪽으로 모으는 아마존식으로 말을 탔다. 너무 불편한 이 자세는 약간 우스꽝스럽게 보일지는 몰라도, 전쟁 전 프랑스에서는 성 구분이 여전히 성행한 만큼 역설적으로 그녀에게 아프리카적인 분위기를 풍긴다. 태평스러우면서도 우아한 동시에, 성서시대를 환기시키거나 낙타 옆구리에 매단 바구니 속에 여인들을 태우고 사막을 횡단하던 투아

랙 대상들의 행렬을 연상시키는 아주 고풍스러운 무언가를 느끼게 한다고나 할까.

그렇게 어머니는 의료순회를 하는 아버지를 따라 짐꾼들과 통역사와 함께 서부 산악지대를 다녔다. 그들은 야영지와 마을들을 두루 섭렵했고, 그때마다 아버지는 지도 위에 그 지명들을 적는다. 니콤, 바분고, 은지 니콤, 누아콤 은디에, 은기, 오부콘. 어떤 야영지들은 너무 허술하다. 카카 부족의 고장인 카와자에서 그들은 바나나 농장 한가운데 창문도 없이 나뭇가지로 엮어 지은 오두막에 머물게 된다. 매일 아침 담요와 시트를 지붕 위에서 말려야 할 정도로 습한 곳이다. 그곳에서 그들은 하루나 이틀 때로는 일 주일씩 머물기도 한다. 물은 과망간산염이 들어 있어 시큼하고 자줏빛을 띠었으며, 몸을 씻기 위해서는 개천으로 가야 했고, 식사를 준비하기 위해서는 잔가지들을 모아 오두막 입구에서 불을 지펴야 했다. 적도지방이라 해도 산악지역의 밤은 추웠고, 맨드릴 원숭이들이 짖는 소리와 야생 고양이들의 날카로운 외침이 울려 퍼져 시끄러웠다. 그 아프리카는 타르타랭*이 꿈꾸던 아프리카도 아니었으며, 존 휴스턴의 영화가 보여주는 아프리카도 아니었다. 오

* 알퐁스 도데의 작품 「타라스콩의 타르타랭 *Tartarin de Tarascon*」(우리나라에는 '쾌활한 타르타랭'으로 번역되어 있다)의 주인공.

히려 그곳은 많은 사람들이 살고 있으며 질병과 부족간의 전쟁에 무릎 꿇은, 실제로 존재하는 아프리카이며 영국인들이 '아프리카 농장'이라 부르던 아프리카였다. 그러나 또한 수많은 아이들과 춤으로 흥을 돋우는 축제들이 있고, 길에서 만나는 목동들의 유쾌함과 유머가 살아 있는 강렬하고 웃음 넘쳐나는 아프리카이기도 했다.

반소 시절은 아버지와 어머니에게 젊음과 모험의 시절이었다. 그들이 이동하면서 마주치는 아프리카는 제국주의와는 아무 상관없는 세계였다. 영국의 행정 원칙들 가운데는 현지의 전통적 정치구조, 즉 그들의 왕과 종교지도자와 재판관들과 신분구조와 특권들을 그대로 유지한다는 지침이 있었다.

그들이 마을에 도착하면 왕이 보낸 사신이 마중나와 그들을 토론으로 초대한다. 그 다음엔 마당에서 사진을 찍는다. 그 시절에 찍은 사진들 가운데는 아버지와 어머니가 반소의 멤포이 왕과 나란히 포즈를 취하고 있는 것도 있다. 그네들의 전통에 따라 허리까지 벗은 왕이 파리채를 들고 왕좌에 앉아 있고, 그 양옆으로는 아버지와 어머니가 먼지투성이인 구겨진 옷을 입고 서 있다. 어머니는 긴 치마와 걷기 편한 신발을 신고, 아버지는 소매를 말아올린 셔츠와 노끈 같은 허리띠로 졸

라맨 지나치게 짧고 헐렁한 카키색 바지를 입고 있다. 그러나 그들은 미소짓고 있다. 그렇게 모험을 하면서 자유롭고 행복하다. 왕 뒤로 왕궁의 벽이 보인다. 마른 진흙벽돌로 지은 단출한 오두막이다. 짚단이 꼭대기에서 반짝인다.

때때로 산에서 산으로 이어지는 그들의 여정 속에서 밤은 격렬하고 뜨겁고 관능적이었다. 어머니는 반소에서 나흘을 걸어 도착한 은콤 부족의 마을인 바분고의 축제에 대해 이야기해주었다. 아프리카에서 축제는 일시에 터져나왔다. 광장에서는 가면극을 준비하고, 무화과 나무 아래에는 탐탐 연주자들이 모여앉아 북을 두드린다. 음악이 부르는 소리는 멀리까지 울려 퍼진다. 여인네들은 벌써 춤추기 시작했다. 허리에 구슬띠만 둘렀을 뿐 완전히 벌거벗었다. 그녀들은 일렬로 줄지어 북소리와 동일한 리듬으로 땅을 구르며 나아간다. 남자들은 서 있다. 어떤 이들은 라피아 야자수로 만든 치마를 입었고, 어떤 이들은 신의 얼굴 모양을 한 가면을 쓰고 있다. 주주*들의 지도자는 의식을 주재한다.

축제는 여섯시경 해가 기울 무렵에 시작해서 다음날 새벽녘까지 계속된다. 아버지와 어머니는 모기장이 쳐진 가죽띠

---

* 무당과 흡사한 존재로 예언과 치료를 담당했다.

침대*에 누워 어렴풋한 전율의 리듬에 따라 두근거리는 심장 박동과도 같은 북소리를 듣는다. 그들은 사랑에 빠져 있다. 자연 그대로이면서 너무나도 인간적인 아프리카는 그들의 신혼의 밤이다. 태양이 온종일 그들의 몸을 태웠다. 그들은 비할 데 없는 엄청난 전기의 힘으로 충전되어, 흙과 나뭇가지로 만든 닭장처럼 좁은 오두막 안에 누워 있다. 그날 밤 그들은 땅 아래로 진동해오는 북소리의 리듬에 맞춰 어둠 속에서 서로 부둥켜안고 사랑을 나누었을 것이다. 그들의 살갗이 땀으로 흥건히 젖는다. 그리고 새벽의 서늘한 숨결로 모기장 커튼이 가벼이 물결칠 때, 이제 그들은 지친 마지막 탐탐 소리를 듣지 못하고 서로 껴안고 잠이 든다.

---

*X형 틀에 가죽띠를 걸어 댄 침대.

오고자의 광분

그런 아버지를 변화시킨 것이 무엇인지, 그의 삶에 일어난 파탄이 무엇인지 이해해보려고 했을 때 내가 떠올린 것은 전쟁이었다. 전쟁 이전이 있었고 이후가 있었다. 아버지와 어머니에게 전쟁 이전의 삶은 바멘다와 반소의 온화한 산등성이들과 '나무꾼 집'과 '그래스 필즈'를 가로지르는 길들, 그리고 음밤의 산들과 음벰베 부족, 카카 부족, 샨티 부족이 사는 고장들로 이루어진 카메룬 서부의 고원 그 자체였다. 모든 것은 낙원의 이미지와는 거리가 멀었다. 그곳에서의 삶은 빅토리아 해안지대의 나른한 온화함이나 화려한 저택들, 식민지 개척자들의 한가로움과는 전혀 달랐다. 그것은 동맥 속에서

맥박치는 젊은 피처럼 강렬하고 관대한 무엇, 바로 무한한 인류애였다.

아마 행복이라고 할 수 있을 것이다. 바로 그 시기에 어머니는 두 차례 임신을 하게 된다. 전통적으로 아프리카인들은 아이가 어머니의 뱃속에서 나오는 날 태어나는 것이 아니라, 수태되는 순간 그 장소에서 이미 태어났다고 생각한다. 나는 나의 탄생에 대해 아무것도 모른다(모든 사람의 경우가 그럴 것이다). 그러나 내 안으로 들어가 내면을 들여다보면서 직관적으로 포착하게 되는 것은 바로 그 힘, 그 에너지의 부글거림, 하나의 인체를 만들기 위해 당장이라도 결합하려는 액체 상태의 미세한 입자들이다. 나의 직관은 아직 수태가 이루어지지 않은, 그 순간을 선행하는 아프리카의 기억 속에 존재하는 모든 것을 포착한다. 그것은 관념적이며 흐릿한 기억이 아니라, 고원지대와 마을의 이미지, 노인들의 얼굴, 이질로 초췌해진 아이들의 퀭한 눈, 그 모든 몸들과의 접촉, 그들의 살갗에서 풍기는 냄새나 나지막한 신음 소리다. 그 모든 것에도 불구하고, 아니 그 모든 것 때문에 그것들은 나를 잉태한 행복하고도 충만한 이미지가 된다.

그 기억은 장소와 산들이 그리는 그림, 고지에서 바라보는 하늘, 가벼운 아침공기와 연결되어 있다. 그리고 그들의 마른 진흙과 나뭇잎으로 지은 오두막들이나, 날마다 여인네들과 아이들이 진찰이나 예방접종을 받기 위해 진료시간을 기다리며 맨땅에 앉아 있던 마당에 대해 그들이 갖고 있던 애정과 연결되어 있다. 또한 내 부모님을 주민들과 하나로 묶어주던 우정과 연결되어 있다.

나는 반소에서 아버지의 조수였던 늙은 아히조를 기억한다. 마치 나 자신이 그와 알고 지냈던 것처럼. 그는 아버지의 조언자이자 친구였다. 경리업무부터 머나먼 고장들을 거쳐가야 하는 긴 여정, 부족장들과의 관계, 짐꾼들의 노임, 여행자용 오두막의 상태 점검에 이르기까지 모든 일을 처리했을 뿐 아니라, 초창기에는 의료 순회 여행도 함께 다녔다. 그러나 노령에다 건강 상태가 좋지 않았기 때문에 더이상 함께 떠날 수 없게 되었다. 그는 일한 대가에 대한 삯을 받지 않았다. 대신 명예와 신용을 얻었던 것 같다. 그는 바로 그 의사가 신뢰하는 사람이었던 것이다. 아버지가 그 고장에서 좌표를 잡고 모든 사람에게(심지어 직접적인 경쟁자인 주술사들에게까지도) 받아들여져 직무를 수행할 수 있었던 것은 모두 그의 덕택이었다. 서아프리카에서 보낸 이십 년 동안 아버지에겐 두 친구만이 남게 되었는데, 아히조와, 고고학과 인류학에 열렬한 관심을 갖고 있던 바멘다 지방행정관인 제프리즈 '박사'가 그들이었다. 아버지가 그곳을 떠나기 얼마 전 제프리즈는 실제로 박사과정을 마치고 요하네스버그 대학에 채용되었다. 그는 이따금 자신이 발견한 내용을 담은 논문이나 팸플릿을 소식 삼아 전해주었으며, 일 년에 한 번씩은 박싱데이*를 기념하면서 남아프리카의 번석류 국수 꾸러미를 소포로 보내왔다.

아히조는 아버지가 프랑스로 돌아온 후에도 수년간 정기적으로 편지를 보내왔다. 1960년 나이지리아가 독립하던 무렵, 아히조는 아버지에게 나이지리아 서부에 위치한 왕국들 사이의 합병문제에 관해 의견을 물어왔다. 아버지는 지난 역사를 고려해볼 때 그 왕국들이 프랑스령 카메룬에 통합되는 것이 더 나을 듯하다고 대답했다. 그 나라가 평화롭다는 이점도 있다고 덧붙였다. 장차 벌어질 사건들은 아버지의 생각이 옳았음을 확인시켜주었다.

그러고는 더이상 편지가 오지 않았다. 아버지는 바멘다에 있는 수녀들을 통해 옛 친구가 사망했다는 소식을 알게 되었다. 같은 식으로, 설날이 되어도 남아프리카에서 번석류 국수 꾸러미가 도착하지 않았던 어느 해 우리는 제프리즈 박사 또한 사망했다는 소식을 알게 되었다. 그렇게 아버지가 자신을

---

* 크리스마스 이튿날인 12월 26일. 이날, 한 해 동안 신세진 사람에게 선물을 상자에 담아 건네는 풍습이 있다.

입양한 나라와 맺었던 마지막 끈들은 끊어져버렸다. 이제 그에게 남은 것이라고는, 나이지리아 정부가 독립하면서 과거에 그 나라를 위해 봉사했던 사람들에게 지불하기로 약속한 초라한 액수의 연금뿐이었다. 그러나 그 모든 과거가 소멸되어버리려는 듯, 얼마 지나지 않아 연금조차 더이상 들어오지 않았다.

그러니까 아버지가 아프리카에 대해 품었던 꿈을 깨버린 것은 전쟁이었다. 1938년, 어머니는 부모 곁에서 아이를 낳기 위해 나이지리아에서 프랑스로 떠난다. 그리고 아버지는 첫 아이의 탄생을 지켜보기 위해 짧은 휴가를 얻고 브르타뉴 지방으로 어머니를 만나러 간다. 거기서 1939년 늦여름까지 머물다가 전쟁 발발 직전에 아프리카로 돌아가는 배를 탄다. 그리고 크로스 강 유역에 있는 오고자의 새로운 근무지로 부임한다. 전쟁이 터지자 그는 1914년의 전쟁처럼 유럽이 다시 화염의 늪에 빠져 온통 피로 물들 것임을 예감했다. 그러나 유럽의 많은 사람들이 생각했던 것처럼 그 역시 독일군이 국경 근처에서 저지당할 것이며, 브르타뉴 지방은 프랑스의 가장 서쪽에 위치한 지방인 만큼 전쟁의 화를 면할 것이라고 믿고 싶어했다.

1940년 6월, 독일군의 프랑스 침공을 전해들었을 때 그가 대응하기에는 이미 시간이 너무 늦어버렸다. 라디오가 적이 마른 강*에서 저지되었다는 소식을 알리는 동안, 브르타뉴 지방에 있던 어머니는 창문 너머로 아베 교 위를 행진하는 독일군을 본다. 해산 이후 겨우 몸을 추스른 어머니는 우선 파리로 떠난 다음 자유지역으로 피신해야 했다. 이제 프랑스에서는 아무 소식도 들려오지 않는다. 나이지리아에 있는 아버지는 오직 BBC 방송이 전하는 소식만을 알 수 있다. 벽지에 고립된 그에게 아프리카는 덫이 되어버렸다. 거기서 수천 킬로미터 떨어진 어디쯤, 어머니는 낡은 '드 디옹' 자동차에 당신의 부모와 한 살과 세 달 된 두 아들을 태우고 피란민으로 들끓는 도로를 달리고 있다. 아마 그 시기였을 것이다. 아버지가 알제리까지 사막을 횡단하여 프랑스 행 배를 타고 지중해를 건너가, 아내와 두 아들을 전쟁에서 구출해 아프리카로 데려오겠다는 엄청난 일을 시도했던 것은. 어머니는 과연 아버지를 따라가기로 결심할 수 있었을까? 그러려면 극심한 혼란으로 더이상 버틸 수 없는 지경에 이른 부모를 버려야만 했을 것이다. 그리고 나이지리아로 되돌아오는 길에도 같은 위험을 무릅써야

---

* 파리 동쪽에 흐르는 센 강 상류의 한 지류.

했을 것이다. 독일군이나 이탈리아군에게 체포되어 수용소에 끌려가는 위험 말이다.

분명 아버지에게는 다른 묘안이 없었던 것 같다. 그는 두 번 생각하지 않고 곧장 모험 속으로 뛰어들었다. 우선 나이지리아 북부의 카노 주를 향해 떠난다. 그리고 거기서 사하라 사막을 건너는 트럭 대상에 편승할 수 있는 자리를 산다. 사막에는 전쟁이 없다. 상인들은 소금과 양모와 나무와 일차상품들을 계속 실어나른다. 바닷길은 이미 위험해졌고, 식료품의 유통이 가능한 것은 이제 사하라뿐이다. 영국군 의무장교라는 신분으로 홀로 여행한다는 것은 무모하고 무분별한 계획이었다. 아버지는 북쪽으로 올라가, 알제리 남부의 타망하세트(당시에는 라페린 요새라 불렸다) 근처의 호가르 산 속에서 야영을 한다. 의약품과 식량을 미처 준비할 시간이 없었던 탓에, 그는 자신이 편승한 대상을 동반하는 투아렉 대상들이 먹는 음식을 나누어 먹고 그들처럼 오아시스의 물을 마신다. 그 물은 익숙해 있지 않은 사람의 뱃속은 모조리 비워버리는 알칼리성 물이었다. 진데르나 인 게참 혹은 호가르 산맥에서, 그는 여행하는 내내 사진을 찍는다. 돌 위에 타마체크어로 새긴 기록과 유목민들의 야영지, 얼굴을 검게 칠한 소녀, 그리고 아이들을 카메라에 담는다. 그는 사하라 사막 경계에 있는 프랑스

치하의 인 게참 요새에서 여러 날을 묵는다. 몇몇 진흙 건물 꼭대기에는 프랑스 국기가 펄럭이고, 갓길에는 트럭 한 대가 세워져 있다. 그가 지금껏 타고 온 트럭인 듯하다. 사막 반대편 가장자리에 위치한 아라크까지 오는 데는 성공했다. 이제 그는 엘 골레아의 막 마옹 요새에 이르기 직전이다. 하지만 전시에 외국인들은 일단 첩자로 의심받기 마련이다. 결국 그는 체포되고 그의 열망은 꺾이고 만다. 비탄에 빠져 그는 카노까지, 그리고 다시 오고자까지 길을 거슬러 원점으로 되돌아와야 한다.

그런 실패를 경험하고 나자, 아프리카는 이제 그에게 예전 같은 자유에의 열망을 불어넣지 못한다. 해발 삼천 미터에 이르는 오쿠 산, 이천칠백 미터의 밤부타 산, 이천 미터의 코주 산 등 거대한 산들로 둘러싸인 고원지대의 내밀한 성소(聖所)에 자리잡은 바멘다와 반소는 평화로운 시기를 맞고 있었다. 한때 그는 그곳을 떠나지 않으리라 믿었다. 자녀들이 그 자연 속에서 성장하여 자신처럼 그 고장의 주민이 되는 완벽한 삶을 꿈꾸었던 것이다.

전쟁은 그를 영국 식민지 전방의 오고자에 가두어버렸다.

그곳은 아이야 강 유역의 숨막히는 분지에 위치한 꽤 큰 마을로, 울창한 숲으로 둘러싸인데다 카메룬과는 건널 수 없는 산맥으로 분리되어 있었다. 그가 책임을 맡게 된 곳은 아주 오래된 병원이었다. 시멘트 벽에 함석지붕을 올린 커다란 건물에 수술실과 환자들의 공동 병실, 간호사들과 산파들로 이루어진 의료팀이 있었다. 그곳에 아직 모험(어쨌든 해안에서 자동차로 하루를 꼬박 달려야 도착할 수 있는 곳이었다)이라 할 만한 것이 있었다 할지라도, 그 생활은 정부 계획하에 움직였다. 멀지 않은 곳에 '디 오우'가 있었고, 크로스 강 지방의 커다란 행정센터가 자동차로 접근 가능한 아바칼리키에 있었기 때문이다.

그가 살고 있는 관사는 병원 바로 옆에 있었다. 관사는 바멘다의 '나무꾼 집'처럼 멋있는 나무집도, 반소에서처럼 진흙 벽돌과 종려나무 잎으로 지은 시골 초가집도 아니다. 시멘트 벽돌에 함석지붕이 덮여 있어, 매일 오후만 되면 집 안이 화덕처럼 후끈 달아오르는 꽤 조잡한 현대식 가옥이다. 아버지는 서둘러 종려나무 잎을 얹어 지붕에 내리쬐는 태양열을 차단시켰다.

사랑하는 아내와 자식들의 안부도 알지 못한 채, 그 큰 집에서 그는 어떻게 홀로 긴 전쟁의 세월을 견뎠을까?

의사라는 직업은 그에게 하나의 강박관념이었다. 오고자에는 카메룬의 평화로운 온화함이 존재하지 않았다. 진료를 다닌 곳은 여전히 시골이었지만, 이제 그는 꼬불거리는 산길을 따라 말을 타고 다니지 않았다. 대신 자동차(전임자에게 구입한 그 포드 V8인데, 자동차라기보다는 차라리 트럭이라고 하는 편이 옳았다. 그가 하커트 항 부두에 우리를 마중나왔을 때, 나는 그 차에 아주 강렬한 인상을 받았다)로 이자마, 은욘나, 바윕, 아마치, 바테릭, 바칼룽, 그리고 카메룬의 산맥 한자락에 위치한 오부두까지, 아버지는 닦아놓은 홍톳길을 달려 이웃 마을들에 왕진을 다녔다. 환자들과도 예전처럼 접촉할 수 없었다. 일단 그들의 수가 너무 많았다. 오고자 병원에서 그들과 대화하고 그들의 가족이 하는 불평을 들어줄 시간이 없다. 병원 마당에도 여인네들과 아이들이 앉을 만한 자리가 없으며, 식사 준비를 위해 그곳에 불을 지피는 것도 금지되어 있다. 환자들은 공동 병실의 풀먹인 새하얀 침대시트가 깔린 진짜 철제침대에 누워 있다. 그들은 분명 병 때문에 고통스러워하는 것만큼이나 불안에 짓눌려 있다. 병실에 들어서면서 아버지는 그들의 눈동자에 어린 두려움부터 읽는다. 거기 서 있는 의사는 더이상 서구 의약품의 혜택을 가져오고, 구습에 젖은 마을사람들에게 자신의 지식을 나누어주던 그 사람

112

이 아니다. 그저 한 사람의 이방인에 불과했으며, 종기가 나면 팔과 다리를 자르고 공포스러우면서도 우스꽝스럽기 짝이 없는 육 센티미터나 되는 기다란 침이 꽂힌 놋쇠 주사기 하나로 모든 처방을 내리는 사람으로 널리 평판이 나 있는 자였다.

아버지는 당신이 아프리카인들의 부모나 친구가 되었듯, 그들을 그토록 가깝게 느끼면서 오랜 세월을 보냈었다. 그러나 그 시기에 이르러, 그는 의사라는 직업이 결국 제국주의자들의 권력에 의해 조종되는 경찰이나 재판관이나 군인과 다르지 않다는 사실을 깨닫게 되었다. 의료행위 또한 사람들에게 권력을 행사하는 것을 의미하고 의료 차원에서의 보살핌이 정치적 감시와 동등한 기능을 수행하는 판국에, 어떻게 그가 달리 행동할 수 있었겠는가? 영국군도 그 사실을 잘 알고 있었다. 세기 초 수년간 극심한 저항에 부딪혔던 군은 무기와 새로운 기술에 힘입어, 오고자에서 도보로 하루도 채 걸리지 않는 아로 추쿠를 모신 성소에서 마지막 남은 이보 전사들이 의지하던 마법의 힘을 물리칠 수 있었다. 한 민족을 한꺼번에 변화시킨다는 것은 쉬운 일이 아니다. 그 변화가 강제로 이루어질 때는 더욱 그러하다. 아버지는 그 교훈을 전쟁으로 인한 고독과 고립을 실제로 겪으면서 깨쳤던 것 같다. 그리고 그 교훈에 대한 확신이 그를 실패했다는 비관적인 생각 속으로 밀어넣었음에 틀림없다. 생의 말년에 이른 그가 내게 이렇게 말한 적이 있다. 다시 시작한다면 의사가 아니라 차라리 수의사가 되겠노라고. 자기 자신의 고통을 받아들이는 존재는 동물뿐이기 때문이라고.

그곳에는 폭력도 존재했다. 카메룬 산지인 반소와 바멘다에서 아버지는 아프리카인들의 온화한 기질*과 유머에 흠뻑

---

* 반소 사람들의 온화한 기질에 관한 평판을 카메룬 서부의 나머지 지방까지 적용하기는 어려울 것이다. 바멘다 지방의 위야 부족에 관한 연구에서 제프리즈 박사는 키숭의 풀라니 부족과 위야 부족의 오랜 적대관계를 초래한 전쟁의 잔혹함을 보고했다. 풀라니 전사들은 위야 사람을 잡아서 귀를 자르고 팔꿈치까지 두 팔을 자른 다음, 두 손바닥을 함께 꿰매 목걸이처럼 목에 걸어 그의 마을로 되돌려보냈다. 프랑스와 영국 점령군들은 그러한 폭행에 반대하려

빠졌었다. 그러나 오고자에서는 모든 것이 달랐다. 부족간 전쟁과 복수, 끊임없이 터지는 폭력적인 싸움 때문에 그 고장 전체가 혼란을 겪고 있었다. 도로나 길은 안전하지 않았고, 외출할 때는 무기를 소지해야 했다. 칼라바르의 이보인들은 유럽인들의 침략에 가장 격렬하게 저항한 부족이었다. 사람들은 그들을 기독교 신자라고 했지만, 그조차도 이웃의 요루바 부족과의 전투를 지지하기 위해 프랑스가 이용한 논거들 가운데 하나일 뿐이었다. 실제로 그들 사이에서 널리 행해지고 있는 것은 정령숭배와 물신숭배였다. 카메룬에서도 주술은 행해졌지만, 아버지가 보기에 그것은 보다 개방적이고 긍정적이었다. 반면 나이지리아 동부지방에서는 비밀리에 주술이 행해졌고, 독약이나 숨겨놓은 물신이나 불행을 가져오도록 운명지어진 징표들을 사용했다. 인간을 제물로 놓고 돌을 던지는 아로 추쿠의 전설이 그 지방 사람들의 정신에 계속 작용하고 있었던 것이다. 아버지가 저주나 마술 혹은 의례적으로 자행되는 범죄에 관한 이야기들을 처음 들은 것은 그 고장에 거주하는 유럽인들에게서였다. 그들 역시 자신들 밑에서 일하는 원주민들로부터 들은 것이었다. 그렇게 사람들 사이에

했지만 헛된 노릇이었다. 그러한 행위는 리비에라를 비롯한 서아프리카의 몇몇 나라에서 최근에 다시 재현되고 있다.(원주)

오가는 이야기들은 불신이 만연하는 긴장된 분위기를 조성했다. 오부두에서 멀지 않은 한 마을에서는 주민들이 길을 가로질러 끈을 설치해놓고 누군가 홀로 자전거를 타고 가면 팽팽하게 잡아당겨서 넘어뜨린 다음 곧장 그 불운한 여행자를 둔기로 쓰러뜨려 벽 뒤로 끌고 가서 피부를 벗기고는 먹어치웠다거나, 다른 한 마을에서는 지방 행정관이 순시하던 중 정육점 판매원이 돼지고기라고 주장하는 고기를 압류했는데 소문에 따르면 그것이 사람고기였다거나, 오부두 주위의 산에서 사냥한 고릴라의 손을 시장에서 기념품으로 파는데 자세히 들여다보면 그 가운데는 아이 손도 있다는 그런 허황된 이야기들 말이다.

아버지는 그런 무시무시한 이야기들을 듣고 와서는 우리에게 그대로 해주었다. 아마 그는 반쯤만 믿었을 것이다. 당신이 식인풍습을 확인한 적은 한 번도 없었기 때문이다. 그러나 확실한 것은 살해당한 희생자들의 사체를 부검하기 위해 그가 자주 이동해야 한다는 것이었다. 그를 강박적으로 따라다닌 것은 바로 그 폭력이었다. 아버지의 경험담에 따르면 때로는 부검해야 할 시체가 어찌나 부패해버렸던지, 피부를 절단하기에 앞서 가스폭발을 피하기 위해 나무막대 끝에 메스를 매달아야 했다.

아프리카의 매력이 더이상 존재하지 않자, 이제 질병은 그에게 상처를 입히는 공격적인 성질을 띠게 되었다. 열의를 갖고 임했던 직업은 더위와 하천의 습기와 세상 끝에 홀로 남겨진 고독 속에서 조금씩 그를 짓누르기 시작했다. 열이 끓어 뜨거운 수많은 육체들, 암 환자의 부풀어오른 복부, 상피병으로 일그러지고 궤양으로 헌 다리, 나병이나 매독이 갉아먹은 얼굴, 해산의 고통 속에서 몸이 찢어질 것만 같은 여인네들, 영양실조로 겉늙어버린 아이들, 양가죽처럼 쭈글쭈글한 회갈색 피부, 녹슨 듯한 머리카락, 죽음에 다가선 퀭한 눈…… 그런 모든 고통과 일상적으로 함께해야 한다는 사실이 그를 지치게 만든 것이었다. 오랜 세월이 흐른 뒤, 그는 자신이 매일같이 직면해야 했던 참담한 일들에 대해 내게 얘기해주었다. 같은 사건들이 매일 반복되는 듯하던 나날들이었다. 요독증으로 미쳐버린 노파를 침대에 묶어야 했던 적도 있었다. 그리고 한번은 한 남자에게서 촌충을 제거해야 했는데, 그것이 어찌나 길었던지 막대로 감아야 할 정도였다. 한 여자는 살이 썩어들어가는 바람에 다리를 절단해야 했다. 천연두로 죽어가는 여자가 실려온 적도 있었는데, 상처투성이 얼굴은 퉁퉁 부어 있었다. 그 고장과 육체적으로 가까이 있다는 느낌, 그것은 그 모든 고통스런 현실과 인간적으로 접촉할 때에만 느낄 수 있다. 살갗 냄새, 땀과 피, 고통, 희망, 때때로 열이 내리는 병자의 시선 속에서 반짝이는 작은 불꽃, 임종하는 자의 눈동자에서 꺼져가는 생명을 지켜보는 영겁과도 같은 순간, 처음 그가 기아나의 하천을 항해하던 때, 그리고 카메룬 고원의 오솔길을 걸어가던 때 그를 흥분시키고 전율시키던 그 모든 것이 오고자에서는 일상의 절망적인 피폐함과 표명되지 않은 비관 속에서 의미를 잃어가고 있었다. 자신의 임무를 완벽하게 수행하는 것이 불가능하다는 사실을 확인했기 때문이다.

아버지는 언젠가 떨리는 목소리로, 오고자 병원에 실려온 한 이보 청년의 이야기를 들려주었다. 그의 가라앉은 목소리가 아직도 내 귓전을 울리는 듯하다. 청년의 두 다리와 두 주먹은 묶여 있고, 입은 다물지 못하도록 나무막대를 세워 고정시켜놓았다. 그는 개에 물렸던 적이 있었고, 광견병 환자로 판명이 난 상태였다. 정신은 멀쩡해서 자신이 머지않아 죽으리라는 것을 알고 있다. 조그만 격리 병실 안에서, 그는 이따금 발작을 일으킨다. 움직이지 못하게 가죽띠가 둘린 침대 위에 있음에도 그의 몸은 뻣뻣하게 굳어 용을 쓰고 있고, 사지에서 얼마나 강한 힘이 솟아나는지 그를 묶은 가죽끈이 끊어질 것만 같다. 그는 입에 거품을 물고 짐승처럼 으르렁거리고 울부짖는다. 그러고는 주사한 모르핀 기운으로 만신창이가 되어 거의 혼수 상태에 빠진다. 몇 시간 후, 아버지는 그의 정맥에 독이 든 주사바늘을 꽂는다. 죽기 전에 그는 아버지를 바라본 다음 의식을 잃는다. 그의 가슴이 마지막 숨을 거두면서 천천히 내려앉는다. 이런 일을 겪고 나면 어떤 인간이 되는 걸까?

망각

아프리카에서의 그의 삶이 끝나갈 무렵인 1948년에 내가 만난 아버지는 바로 그런 사람이었다. 나는 그를 알아보지 못했고, 이해할 수도 없었다. 그는 내가 알고 있던 모든 사람들과 너무도 달랐다. 이방인이었다고 할까. 아니 그보다 더했다. 내게 그는 거의 적과도 같은 존재였다. 프랑스 할머니 집에서 내가 본 사람들, '삼촌'들과 할아버지의 친구들, 그러니까 기품 있고 멋있고 애국심 투철하고 복수심 강하고 수다떨기를 좋아하고 선물도 잘 주는 다른 세대의 신사들과 그는 닮은 구석이 한 군데도 없었다. 그들은 가족이 있었고 다양한 대인관계도 맺고 있었으며, 『여행일기』라는 잡지를 구독하고, 레옹 도데와 모리스 바레스*를 즐겨 읽었다. 그들은 언제나 회색 정장 양복에 조끼까지 갖춰 입고 빳빳이 세운 칼라에 넥타이를 완벽하게 매고는, 중절모를 쓰고 끝에 징을 박은 지팡이를 세련되게 짚고 다녔다. 그들은 저녁 식사가 끝나면 식탁의 가죽의자에 눌러앉아(모두 번창했던 시절의 추억이다) 담배를 피우며 대화를 나누었다. 나는 그들의 단조로운 목소리를 들으며 빈 접시에 코를 박은 채 잠들곤 했다.

하커트 항에 도착했을 때, 배의 출구에서 내가 본 아버지는 전혀 다른 세상 사람이었다. 바지는 지나치게 헐렁하고 짧은 데다 모양조차 제대로 잡혀 있지 않았고, 흰 셔츠에 먼길을 달려오느라 검은 가죽구두는 먼지로 뒤덮여 있었다. 그의 태도는 거칠었으며, 과묵하고 우울했다. 그가 프랑스어를 말할 때는 노래하는 듯한 모리셔스식 억양을 들을 수 있었지만, 그렇지 않을 때 사용하던 피진영어는 방울 소리처럼 내 귓전을 불가사의하게 울렸다. 그는 단호하고 권위적이었으나, 병원이나 관사에서 그를 위해 일하는 아프리카인들에게는 부드럽고 관대했다. 그는 내가 경험하지 않았고 상상조차 하지 못했던 강박적인 기벽이나 습관들을 잔뜩 지니고 있었다. 아이들은

---

* 도데와 바레스는 모두 우파 성향의 국수주의자였다. 특히 레옹 도데는 1908년에 유명한 우파 일간지 『악시옹 프랑세즈』를 창간했으며 반유대주의자였다.

식탁에서 허락없이 말하면 절대 안 되며, 달리기나 놀이를 하거나 침대에서 빈둥거려서도 안 되었다. 또 식사시간 외에는 아무것도 먹을 수 없으며, 특히 단 과자류는 절대 허용되지 않았다. 식사중에 식탁에 팔을 괴도 안 되고 음식을 남겨서도 안 되며, 반드시 입을 다문 채 씹도록 조심해야만 했다. 위생에 관한 강박관념 때문에 그는 알코올로 손을 씻고 성냥으로 손에 불을 붙이는 놀라운 행동까지 하곤 했다. 숯이 물을 제대로 여과시키는지 매 순간 확인했고, 오직 차나 끓인 맹물(중국인들은 이를 흰 차라고 불렀다)만을 마셨다. 그리고 밀랍과 파라핀에 담근 끈으로 직접 초를 만들었으며, 거품장구채*의 추출물로 직접 설거지를 했다. 정원 나무들 사이에 떠 있던 안테나를 통해 세상과 연결시켜주던 라디오를 제외하고는 외부세계와 일절 접촉하지 않았으며, 신문도 책도 읽지 않았다. 그가 읽던 유일한 책은『그리스도를 본받아』였다. 검은 표지의 그 조그만 책을 열 때면 늘 내 안에서는 어떤 연민의 정이 솟구쳐 오른다. 옛날 군인들이 전쟁터에서 마르쿠스 아우렐리우스의 『명상록』을 읽는 것이 불가능하지는 않았으리라. 그처럼 그것은 군인의 책이었다. 물론 그가 그 책에 대해 우리에게 말한

---

* 중심자목 석죽과의 여러해살이풀.

적은 한 번도 없다.

아버지와의 첫 대면에서 형과 나는 그의 찻주전자에 후춧
가루를 넣음으로써 감히 도전했다. 아버지는 웃음을 터뜨리
기는커녕, 우리를 집 밖으로 쫓아낸 다음 혹독하게 매질했다.
다른 사람이었다면, 예를 들어 할머니 집에 드나들던 '삼촌
들' 중 누구였다면 그런 일쯤은 웃어넘겼을 것이다. 우리는
아버지라는 존재가 무서울 수 있으며 벌을 줄 수도 있고, 숲에
서 잘라온 회초리로 우리의 종아리를 때릴 수도 있음을 단번
에 알게 되었다. 그는 모든 대화나 변명을 차단하는 남성의 법
질서를 세웠고, 어떤 표본적인 사례에 바탕을 둔 그 법은 할머
니와 함께 살 때처럼 눈물로 호소하거나 약속을 받아낸다거
나, 보이지 않게 일을 꾸미거나 일러바치는 행위를 일절 용납
하지 않았으며, 아주 사소한 불손한 행동은 물론이고, 떼쓰는
시늉조차 받아주지 않았다. 내 거래는 일찌감치 끝난 셈이었
다. 오고자의 집은 단층이었고, 창 밖으로 던질 가구라곤 아예
존재조차 하지 않았으니까.

바로 그런 아버지가 매일 저녁 잠자리에 들 시간에는 기도
문을 외고 일요일은 복음서를 읽는 일에 바치도록 명령을 내
렸다. 그의 덕택으로 우리가 발견하게 된 종교는 화해를 허락
하지 않았다. 그것은 삶의 규칙이자 행동 강령일 뿐이었다. 산

124

타클로스란 존재하지 않으며, 종교의식과 축제들이 기도로만 이루어진다는 것을 알게 된 것도 오고자에 도착한 후였다. 우리는 선물을 줄 필요가 전혀 없다는 사실도 깨닫게 되었다. 우리가 처해 있던 상황에서 선물이란 쓸데없는 것에 불과했다.

전쟁이라는 파탄이 없었더라면, 아버지가 완전히 낯설어져버린 자식들과 대면하는 대신 갓난아기와 한집에 사는 법을 배우고 그 아이가 유년기를 지나 철들어가는 완만한 과정을 지켜봤더라면 아마 사정은 달라졌을 것이다. 그러나 반소와 바멘다에서 한 여인과 함께 인생의 모험을 나누는 행복을 허락했던 아프리카, 바로 그 나라는 그에게서 가족생활과 가족들에 대한 애정을 앗아가버렸다.

오늘날에 와서야 놓쳐버린 그 만남을 아쉬워하는 것이 가능해졌다. 전쟁에 갇혀 자란 다음 세상의 다른 끝에 가서 만난 어느 낯모를 사람이 아버지라는 사실을 알았을 때, 그것이 여덟 살짜리 아이에게 무슨 의미였을까 상상해본다. 바로 그곳, 태양과 뇌우와 비와 식물과 곤충 그 모든 것이 넘치도록 있던 자연 속에서, 자유와 강압이 공존하던 오고자에서 그 만남이 이루어졌다. 그곳에서는 남자와 여자가 완전히 달랐다. 피부색이나 머리카락 색깔 때문이 아니었다. 그들이 말하고 걷고

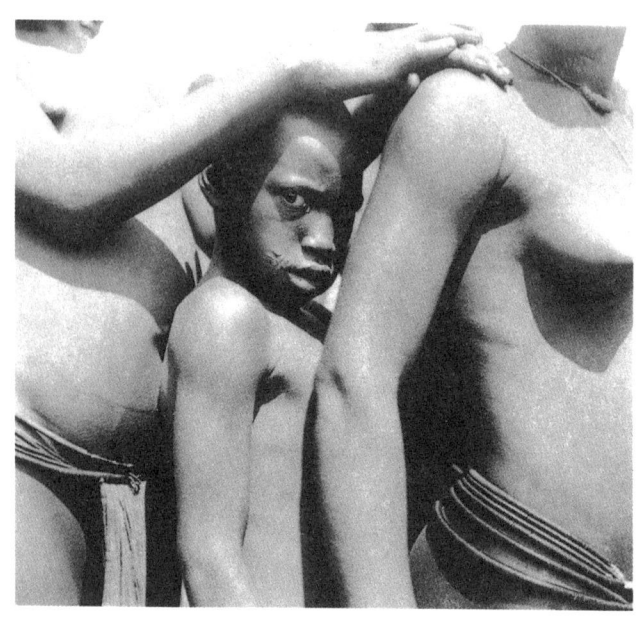

웃고 먹는 방식의 차이 때문이었다. 그곳에서 질병과 노쇠함은 눈에 보이는 것이었고, 기쁨과 어린아이들의 놀이는 더욱 선명하게 부각되었으며, 어린 시절은 별다른 과도기를 거치지 않고 매우 일찍 끝났다. 사내애들은 아버지와 함께 일하고, 계집애들은 결혼해서 열세 살이면 아이를 낳는다.

아버지가 어떤 삶을 살았는지 듣고 그가 불러주는 노래를 들으며 자랐더라면, 도마뱀이나 아이야 강에 가재를 잡으러 아들과 함께 나선 길에서 만난 희귀한 나비들과 독초의 꽃들이나 아버지가 잘 알고 있었을 갖가지 자연의 비밀들을 알려주며 아들의 손을 꼭 잡아주었더라면, 그리고 모리셔스 섬의 유년시절을 추억하는 아버지의 얘기에 귀기울이고 친구들이나 병원동료들을 만나러 갈 때 그와 나란히 걸었더라면 좋았을 것이다. 혹은 자동차를 수리하거나 부서진 덧창을 바꾸는 그의 모습을 바라보고, 좋아하는 나무나 꽃들이나 부겐빌리아나 극락조를 연상시키는 스트렐리치아처럼, 모카 고향집의 멋진 정원을 떠올려줄 꽃나무들을 그와 함께 심었더라면 좋았을 것이다. 그러나 지금에 와서 꿈꾸어본들 무슨 소용이 있겠는가? 이 모든 것이 그때는 불가능했다.

그런 것들 대신 우리는 벌서고 매맞는 것에 대한 두려움에 기인한 어떤 전쟁, 즉 아버지에 대항하는 은밀한 전쟁을 치르며 그를 지치게 했다. 그가 아프리카에서 막 돌아온 시기는 특히 힘들었다. 프랑스에 적응하는 어려움에 가족에게 느꼈을 적개심이 보태졌기 때문이었다. 그의 분노는 정도를 넘어서 극단으로 치달았으며, 우리 모두를 쇠진시켰다. 깨진 사발, 빗대어 한 말 한마디, 어떤 시선 등 그야말로 아무것도 아닌 일로 그는 지팡이나 주먹을 휘두르곤 했다. 내 기억에 따르면, 그때 나는 증오와도 같은 무엇을 느끼기까지 했다. 내가 할 수 있는 일이라곤 기껏해야 그의 나무막대를 부러뜨리는 것뿐이었다. 그러나 그는 또다시 뒷산에 가서 회초리를 꺾어왔다. 시대에 뒤진 그런 방식은 내 친구들이 경험한 생활과는 아주 동떨어진 것이었다. 그 시기를 마감할 무렵 나는 한결 단단해져 있었다. 얻어맞는 자는 처음엔 약하지만 그 다음엔 강해진다는 아랍 속담처럼.

세월이 흘렀고, 이제 나는 거리를 두고 바라볼 수 있게 되었다. 아버지는 어떤 학교에서도 가르쳐주지 않는 교육의 가장 어려운 부분을 우리에게 전수해주었다. 아프리카는 그를 변화시킨 것이 아니었다. 아프리카는 그의 내면에 엄격함을 일깨워준 것뿐이다. 훗날 은퇴하고 프랑스 남부지방에 정착하게 되었을 때, 그는 아프리카에서 가혹할 정도로 엄격한 권위와 규율이라는 유산을 함께 가져온 것이다.

그가 가지고 온 것 중에는 정확성과 존중하는 마음도 있었다. 그것은 과거 카메룬과 나이지리아의 사회들이 지녔던 일종의 규칙과도 같은 것이었다. 그곳에서 아이들은 울어서도 불평해서도 안 됐다. 아무런 장식도 없고 미신도 받아들이지 않는 종교에 대한 그의 취향은 아마 이슬람교에서 연유했을 것이다. 그 시절에는 너무도 부조리하게만 느껴지던 위생에 대한 그의 강박관념이나 손씻는 방식도 이제 그런 식으로 이해가 된다. 돼지고기에 대한 혐오도 마찬가지다. 그는 우리를 설득시키기 위해 칼끝으로 돼지의 살에 박혀 있던 촌충 알을 뽑아 보이기까지 했다. 그리고 식사하는 방식, 뜨거운 물을 조금씩 부어가며 밥을 짓는 아프리카 방식이나, 매운 고추로 맛을 낸 소스에 데친 야채를 버무리는 요리법 또한 그러하다. 그는 대추, 무화과와 같이 말린 과일을 좋아했고, 심지어 바나나를 창틀에 걸어두고 햇볕에 익혀 먹기도 했다. 또 매일 아침 북아프리카 출신의 아랍인 노동자들이 출근하는 이른 시간에 맞춰 시장에 가는 데 들이던 그 정성이라니. 그는 체류증 갱신을 위해 간 경찰서에서도 그들을 만났다.

이 모든 것이 지엽적인 것처럼 보일 수도 있다. 그러나 그에게 제2의 천성이 되어버린 아프리카 방식들은, 어린아이나 그 아이가 좀더 자라 사춘기에 이르렀을 때 결코 무심하게만 받아들일 수 없는 교훈을 일깨워주었다.

아프리카에서 스물두 해를 보낸 끝에, 그는 식민주의를 드러내는 모든 형태의 것들을 깊이 증오하게 되었다. 1954년, 우리는 모로코로 관광여행을 떠났다('삼촌' 중 한 분이 그곳에서 농장 책임자로 있었다). 그때 일어난 한 사건은 아프리카에서 흔히 볼 수 있는 토속적 이미지들보다 내게 훨씬 더 강한 인상을 주었다. 우리는 카사블랑카에서 마라케시 행 정규 시외버스를 타고 가던 중이었다. 그런데 어느 순간, 운전사

(프랑스인이었다)가 화를 버럭 내면서 한 늙은 농부를 모욕하고는 길가에 내리게 했다. 아마 그가 요금을 낼 수 없었던 모양이다. 아버지는 분개했다. 그의 설명에 따르면 프랑스 지배하에 있는 그 나라 전역에서 원주민들은 버스 운전사뿐 아니라 아주 사소한 직업도 가질 수 없으며, 가난한 자들은 학대받았다. 그가 매일같이 라디오로 케냐의 키쿠유 족의 독립투쟁과 남아프리카의 인종차별에 대항한 줄루 족의 항거사태의 전말을 주의 깊게 들었던 것도 바로 그 즈음이었다.

추상적인 관념도 정치적인 선택도 아니었다. 그가 느꼈던 아득한 옛 감정들을 되살려주는 것은 그의 내면에서 들려오는 아프리카의 목소리였다. 어머니와 함께 말을 타고 카메룬의 오솔길을 여행하면서 그는 아마 미래를 생각했을 것이다. 그때는 전쟁 전이었고, 쓰라린 고독과 고통을 겪기 전이었다. 그 시절 아프리카는 젊고 새로웠으며, 그곳에서는 모든 것이 가능했고 무엇이든 발견할 수 있었다. 그는 부패하고 이득만 챙기는 해안지대의 삶에서 멀리 떨어져, 전국을 휩쓰는 전염병의 치명적인 운명과 제국주의의 속박에서 해방되어 아프리카가 새롭게 태어나기를 꿈꾸었다. 목동들이 소떼를 몰고 가는 드넓은 초원의 이미지, 반소 주변의 마을들, 진흙과 조약돌과 짚으로 벽을 짓고 나뭇잎으로 지붕을 이은, 그 잊을 수 없는 완벽한 아름다움을 행복의 절정이었다 해도 좋을 것이다.

카메룬과 나이지리아에서, 그리고 아프리카 대륙 전체에서 독립이 차츰 현실로 다가오자 분명 그는 흥분했을 것이다. 그들의 항거가 매번 그에게 희망을 불어넣었음에 틀림없다. 그러던 중 알제리 전쟁이 발발해 자식까지 징집될 위기에 처하자, 극도로 참담한 마음을 가눌 수가 없었다. 그는 드골이 취한 기만적인 이중적 태도를 결코 용서하지 않았다.

아버지는 에이즈가 출현하던 해에 사망했다. 거대한 제국주의 세력들이 아프리카 대륙을 착취하고는 그 사실을 망각 속에 묻어둔 것이 하나의 전술에 지나지 않는다는 사실을 그는 이미 짐작하고 있었다. 보카사와 이디 아민 다다는 프랑스와 영국의 도움으로 권좌에 오른 독재자들이며, 서구의 정부들은 그들의 권력을 부정하기에 앞서 수년간 그들에게 무기와 원조를 제공했다. 1960년대에 산업국가들은 차츰 이민의 문호를 개방하여, 가나나 베냉이나 나이지리아에서 많은 청년들을 집단 이주시켜 노동력을 착취하고 교외 빈민촌에 격리시켰다. 그러나 경제위기가 닥치자 그들은 이내 위축되어 외국인에 대한 반감을 드러내며 문호를 다시 닫아버렸다. 그리고 그토록 오랜 세월 기승을 부려온 말라리아와 아메바성 이질과 기근 같은 악마들의 손아귀에 아프리카를 방치했다.

이제는 에이즈라는 새로운 페스트가 아프리카 전체 인구 가운데 삼분의 일의 목숨을 위태롭게 하고 있지만, 여전히 서양 국가들은 치료책을 움켜쥐고는 마치 아무것도 보이지 않고 모르는 양 가장하고 있다.

카메룬만은 그 저주를 피한 모양이다. 서부 고원지대에 위치한 이 나라는 나이지리아에서 분리되었고, 그 현명한 선택은 부족간의 전쟁과 부패로부터 그 지방을 안전하게 지켜냈다. 그러나 밀려오는 현대문명의 물결 앞에서 기대했던 혜택은 돌아오지 않았다. 농사일의 리듬에 맞춰 천연스럽게 살아가는 느린 삶, 마을들 본연의 매력이 아버지의 눈앞에서 사라져가고 있었다. 그리고 이득을 챙기려는 유혹과 저속함과 어떤 폭력성이 그것을 대신해갔다. 비록 반소에서 멀리 떨어져 있었지만, 아버지가 그 사실을 모를 리 없었다. 틀림없이 그는 세월이란 쓸려나가며 굴곡진 물결의 흔적을 추억으로 남기는 썰물과도 같다고 느꼈을 것이다.

1968년, 아버지와 어머니가 살던 니스의 집 창 아래에는 총파업 때문에 방치된 쓰레기가 산더미처럼 쌓여가고 있었다. 그때 나는 멕시코에 있었고, 내 머리 위로는 트랄테롤코에서 학살된 학생들의 시체들을 실어나르는 군용 헬리콥터가 요란

하게 지나다녔다. 그리고 나이지리아에서는 '비아프라 전쟁'
이라는 이름으로 알려져 있는 잔혹한 대학살(세기 최대의 학
살사건의 하나로 꼽힌다)이 마지막 국면으로 접어들고 있었
다. 칼라바르 강 하구에 있는 유전을 장악하기 위해 이보 족과
요루바 족이 서로 말살하고 있었던 것이다. 서구세계는 이에
대해 무관심한 듯한 태도를 견지했다. 더욱 고약한 것은 대형
석유회사들, 특히 네덜란드-영국계의 셸 브리티시 페트롤리
엄 회사가 그 전쟁의 와중에 챙길 수 있는 이득에 탐욕스런 관
심을 쏟았다는 사실이다. 그들은 유정(油井)과 시추관들에 대
한 권한을 보장받기 위해 자국 정부에 영향력을 행사했다. 프
랑스가 비아프라 반란군의 편에 서고 소련과 영국과 미국은
요루바 족이 다수를 차지하는 연방정부의 편에 서면서 전쟁
은 4개국의 대리전 양상을 띠게 되었다. 내란은 세계적인 사
건으로 확대되면서 문명권간의 싸움으로 치부되었다. 이슬람
교도에 대항한 기독교도의 항거라고도 했고, 자본주의자들에
대항한 민족주의자들의 항거라고도 했다. 선진국들은 이미
만들어놓은 완제품들을 처분할 수 있는 생각지도 못한 시장
을 발견했다. 그들은 양 진영 모두에게 대인지뢰, 전차, 비행
기, 경무기, 중무기 할것없이 마구 팔아치웠으며, 오주쿠 반란
군을 돕기 위해 심지어 독일과 프랑스와 차드 용병까지 동원

하여 비아프라군의 제4여단을 구성했다. 그러나 1968년 말 벤저민 아데쿤레 장군 휘하의 연방군에 포위된 비아프라 반란군은 말살될 처지에 놓여 항복해야 했으며, 연방군 수장은 그 잔혹성으로 인해 '검은 전갈'이라는 악명까지 얻었다. 소수의 투사들만이 마지막까지 저항했다. 그들의 대부분은 아직 아이들이었고, 소련의 미그 전투기가 투하하던 폭탄에 맞서 기껏해야 벌채용 칼이나 총 모양으로 다듬은 나무막대들을 휘두를 뿐이었다. 아바(아로 추쿠 마법 전사들의 옛 성소가 거기에서 멀지 않다)가 함락되자, 비아프라 일대는 기나긴 죽음의 길로 들어서게 된다. 영국과 미국의 공조 속에서 아데쿤레 장군은 비아프라 영역을 봉쇄하고 모든 원조와 식량공급을 차단한다. 광기 어린 복수심에 사로잡힌 연방군이 진입하자, 민간인들은 비아프라의 나머지 지역으로 달아난다. 그들은 사바나 초원과 숲을 파고들어가 남은 식량으로 살아남고자 했다. 그렇게 남자 여자 아이들 할것없이 모두 죽음의 함정에 빠져들었다. 그해 9월부터 더이상의 군사작전은 없었다. 그러나 수백만의 사람들이 먹을 식량도 의약품도 없이 나머지 세상으로부터 단절되어버렸다. 마침내 국제기구들이 반란 진영 주민들의 거주지대로 들어갈 수 있게 되었을 때, 그들은 처참한 광경을 목격하게 된다. 도로 위, 강변, 마을 입구 어디

할것없이, 기아와 탈수증으로 죽어가는 수십만이 넘는 아이들이 곳곳에 널브러져 있었던 것이다. 한 고장 전체가 거대한 공동묘지와 다를 바 없었다. 과거에 흰개미들과 전쟁을 치르러 달려갔던 그 사바나와 비슷한 드넓은 초원에는, 부모 잃은 수많은 아이들이 앙상하게 뼈만 남은 채 정처없이 배회하고 있었다. 먼 훗날 읽은 치누아 아체베의 시 「비아프라의 크리스마스」를 나는 결코 잊을 수 없다. 그 시는 이렇게 시작한다.

그렇다. 성자를 품에 안은 어떤 성모의 모습도
가슴에 묻어야 할 아들을 향한 이 어머니의
애정을 그린 그림에 견줄 수는 없다.

나는 온갖 신문과 잡지에서 그 참담한 광경을 보았다. 내게 가장 소중한 추억으로 남아 있는, 내가 어린 시절을 보낸 바로 그 나라가 처음으로 세상 사람들에게 선보였다. 그러나 그 나라가 죽어가고 있기 때문이었다. 아버지 역시 그 사진들을 보았다. 그가 어떻게 그 광경을 용납할 수 있었을까? 일흔두 살이 되면 사람들은 그저 바라보고 침묵할 수 있을 뿐이다. 아마 눈물 흘리는 것까지는 할 수 있을 것이다.

그가 살았던 고장이 파괴되던 그해에 아버지의 영국 국적이 취소되었다. 모리셔스 섬의 독립이 그 이유였다. 그가 떠날 생각을 접은 것도 바로 그때였다. 아버지는 아프리카를 다시 찾아갈 계획을 세웠었다. 이번에는 카메룬이 아니라, 고향인 모리셔스 섬에 남아 있는 형제자매에게 가장 가까이 다가가기 위해 남아프리카의 두르반으로 갈 생각이었다. 그 다음에는 서인도제도 북부에 위치한 바하마에 정착할 궁리를 했었다. 일루서라에서 조그만 땅뙈기를 사서 모리셔스 섬의 '야영장' 같은 집을 짓고 싶었던 것이다. 그는 지도를 펼쳐놓고 몽상에 잠기곤 했었다. 아버지는 다른 장소를 찾고 있었다. 자신이 살았지만 고통스런 기억이 남아 있는 곳이 아닌 새로운 세상에서, 어떤 섬 같은 곳에서 다시 시작하고 싶었다. 그러나 비아프라 대학살이 일어난 뒤로 그는 더이상 그런 꿈을 꾸지 않았다. 그는 말하기를 고집스레 거부했고, 침묵은 죽는 날까지 그의 곁에 있었다. 자신이 의사였다는 사실, 그렇게도 용감하고 영웅적인 삶을 살았다는 사실조차 잊어버리기도 했다. 아버지가 지독한 독감을 앓은 뒤 수혈을 하기 위해 병원에 잠시 입원해야 했던 적이 있었다. 나는 그에게도 전해드리기 위해 어렵게 검사결과를 받아냈다. "왜 원하시죠? 의사이신가요?" 간호사가 묻는다. "아뇨, 제가 아닙니다. 아버지께

서 의사입니다." 내가 대답한다. 간호사가 아버지에게 서류를 내민다. "왜 의사라는 말씀을 안 하셨어요?" 아버지가 대답한다. "왜 내게 물어보지 않았소?" 생의 말년에 이른 그가 평생 돌봤던 사람들을 닮기 시작했던 것은, 어떤 의미에서는 체념이기보다는 그들과 자신을 동일시하는 마음 때문이 아니었을까.

　내가 끊임없이 되돌아가고 싶은 곳은 아프리카, 내 유년기의 추억이다. 그곳은 내 감정과 내 존재를 결정짓는 요소들이 뿌리내린 원천이다. 세상은 변한다. 그것은 사실이다. 그리고 그곳, 키 큰 풀들이 자라는 평원 한가운데 사바나의 향기와 숲의 날카로운 소리를 실어오는 뜨거운 숨결 속에 서서 입술 위로 촉촉한 하늘과 구름을 느끼던 아이, 그 아이는 이제 너무 멀리 있어 어떤 이야기나 여행을 통해서도 다시 만날 수는 없을 것이다.

　그러나 이따금 어떤 도시를 발길 닿는 대로 걷다가 우연히 건축중인 건물 아래를 지나면서 채 마르지 않은 시멘트의 차가운 냄새를 맡을 때면, 문득 나는 아바칼리키의 여행자용 오두막 안에 있거나 그늘진 내 육각형 방 안으로 들어서게 된다. 문 뒤에서는 우리집 암코양이가 커다란 푸른 도마뱀의 숨통을 죄고 있다. 나를 환영하는 표시로 입에 물고 온 것이다. 혹은 정말 예기치 않던 순간에, 오고자의 우리집 지붕 위로 억수 같은 빗물이 떨어지고 갈라진 땅 위로 핏빛 물줄기들이 줄무늬를 그을 때 정원에서 풍기던 젖은 흙내음이 내 주위를 감돌기도 한다. 정체된 큰길에서 부릉거리는 자동차 소리 너머로 아이야 강의 노랫소리가 들려오기도 한다. 그 소리들은 감미로우면서도 내 마음을 저리게 한다.

아이들이 외치는 소리도 들려온다. 아이들은 울타리 앞에서 나를 부른다. 함께 놀거나 구렁이 사냥을 가자고 주운 조약돌이나 양의 척추를 들고 온 모양이다. 오후에 어머니와 산수공부를 마치고 나면, 나는 시멘트 테라스에 가서 하얗게 타오르는 하늘 가마를 마주보고 앉는다. 진흙으로 빚은 신들의 모형을 태양에 굽기 위해서다. 그것들 각각의 이름과 들어올린 팔과 표정들을 나는 기억한다. 천둥 신 알라시, 은구, 어머니 여신 에케 이피테, 심술쟁이 아구. 내가 기억하고 있는 것보다 훨씬 더 많다. 매일 나는 새로운 이름을 짓는다. 그것들은 나를 보호하고 하느님 앞에서 나를 변호해줄 내 정령들이다.

나는 황혼으로 물든 하늘에서 끓어오르는 열기와 붉게 물든 배경 위로 펼쳐진 회색 편린들 사이로 번개가 소리없이 달려가는 광경을 보게 될 것이다. 캄캄한 밤이 되면, 점점 더 가까이 다가오는 천둥의 발소리와, 해먹을 흔들고 내 등불의 불꽃을 불어버릴 바람의 일렁이는 소리를 듣게 될 것이다. 또 천둥이 우리 귓전까지 이르는 시간을 센 다음 초당 삼백삼십삼 미터 비율로 거리를 계산하는 어머니의 목소리에 귀기울일 것이다. 마침내 비를 몰고 오는 시린 바람이 나무 꼭대기 위로 온 힘을 다해 진격하고, 나뭇가지들 하나하나가 신음하고 꺾어지는 소리가 들린다. 그리고 방 안 공기는 빗물이 땅을 치며 일으키는 먼지로 가득해진다.

　그 모든 것이 너무도 멀고 너무도 가깝다. 거울 같은 아주 얇고 단순한 칸막이 하나가 현재의 세계와 과거의 세계를 분리시키고 있다. 지금 나는 향수를 말하려는 게 아니다. 홀로 내버려진 듯한 아픔이 내게 어떤 쾌감을 준 적은 없다. 나는 실체와 감각들, 내 생에서 가장 논리적인 어떤 부분을 말하고 있는 것이다.

　무언가 내게 주어졌고, 대신 무언가 내게서 떨어져나갔다. 곁에 아버지가 있다는 것, 가족적인 온화한 분위기에 둘러싸여 그 옆에서 성장했다는 것, 내 어린 시절에 결정적으로 결여

된 것은 바로 그것이다. 나는 바로 그런 것들이 내게 없음을 알고 있다. 그것에 대해 아쉬움이 남지도, 그렇다고 굉장한 환상을 품고 있지도 않다. 이제 나는 한 남자로서 사랑하는 여인의 얼굴에서 시시각각 변하는 빛을 매일 바라보고, 내 자식의 시선에서 흘러나오는 은밀한 광채를 세심히 살피기도 한다. 그러나 그 모든 순간 또한 어떤 사진이나 초상화로도 그려낼 수는 없을 것이다.

처음으로 아프리카에 도착했을 때 내가 받은 모든 것을 기억한다. 그것은 자유였다. 자유는 너무도 강렬해서 나를 불태우고 도취시켰으며, 나는 고통스러우리만큼 그것을 누렸다.

그것에 대해 이국적인 정취와 결부시켜 말하고 싶지는 않다. 아이들은 그 악취미와는 전적으로 무관하다. 그들은 존재와 사물을 통해 세상을 보지 않고, 그것 자체만을 보기 때문이다. 나무 한 그루, 움푹 꺼진 땅, 일개미들의 행렬, 놀이 대상을 찾아 부산하게 움직이는 아이들의 무리, 흐릿한 눈으로 깡마른 손을 내미는 노인, 장날에 가본 아프리카 어느 마을의 거리, 모든 노인들 아이들 나무들, 그리고 개미들, 그 보물은 언제나 내 내면 깊숙한 곳에 살아 있으며, 그것을 제거하는 것은 불가능하다. 그 보물은 단순한 추억보다 훨씬 더 단단한 확신으로 이루어져 있다.

만약 아프리카의 육체와 그렇게 만나지 않았더라면, 만약 태어나기 이전의 그 생명의 유산을 물려받지 못했더라면 나는 어떻게 되었을까?

오늘, 나는 존재하고, 나는 여행한다. 그리고 이젠 내가 한 가족을 만들었고, 다른 장소에 뿌리를 내렸다. 그럼에도 오고 자에서 보낸 과거의 시간은 마치 실재를 둘러친 칸막이 사이에서 순환하는 영기(靈氣)를 품은 물질처럼, 매 순간 나를 관통한다. 그것은 안으로부터 한순간 열기를 뿜어올려 내 몸 전체를 감싸며 현기증을 일으킨다. 뿐만 아니라 내 어린 시절의 기억, 냄새, 맛, 도드라진 표면의 감각, 텅 빈 듯한 느낌, 뭔가 지속되고 있는 듯한 느낌, 그 모든 감각의 기억은 놀라울 정도로 정확하다.

지금 이렇게 쓰면서 나는 이 모든 것을 이해하게 된다. 이 기억은 내 것으로만 이루어진 것이 아니다. 이것은 또한 카메룬 서부의 왕국들에서, 그리고 고원을 가로지르던 길을 아버지와 어머니가 함께 거닐던 그 시절, 내가 태어나기 이전의 그 시간에 대한 기억이기도 하다. 그리고 아버지가 품었던 희망과 고통들, 오고자에서 느낀 고독과 비탄의 기억이다. 영원하리라 믿었던 사랑으로 아버지와 어머니가 하나가 되던 행복한 순간들의 기억이다. 그때 그들은 자유 속에서 길을 떠났다.

그리고 발리, 은콤, 바멘다, 반소, 은콩삼바, 레비, 크와자 같은 지명들과 음벰베, 카카, 은숭리, 붐, 푼곰 같은 고장들의 이름은 내 가족들의 이름처럼 내 안에 들어왔다. 그리고 라심과 은공진 사이의 고원에서 구름을 걸면 좋을 것 같은 반달 뿔이 달린 소떼가 천천히 지나가던 기억도 남아 있다.

곰곰이 생각해보면, 내 오랜 꿈은 결국 나를 기만하지 않은 듯하다. 아버지가 자신의 운명에 떠밀려 아프리카인이 되었다 할지라도 나는 내가 수태되던 그 순간, 내가 태어난 그 순간 나를 품에 안고 젖을 먹여준 그 어머니를, 내 아프리카 어머니를 상상할 수 있다.

2003년 12월~2004년 1월

아프리카의 두 얼굴

> 오랫동안, 나는 어머니가 흑인이기를 꿈꿔왔다. 아프리카에서부터 이 나라, 이 도시로 돌아왔을 때, 나는 아무도 알지 못했고, 이방인이 되어 있었다. 그 현실에서 도피하기 위해 난 어떤 이야기를, 어떤 과거를 혼자 지어냈던 것이다.
>
> ─르 클레지오

포개진 두 개의 삶 이야기

장 마리 귀스타브 르 클레지오의 최신작 『아프리카인』은 작가 자신의 상상세계의 형성 배경과 근원을 더듬는 작업의 산물이라는 점에서 자전적 글쓰기로 분류할 수 있다. 이 소설은 그에게 아프리카가 어떤 존재인지, 그의 상상세계가 어떻게 이 대륙에 뿌리내리게 되었는지 보여준다. 그는 1991년에 발표한 소설 『오니차 *Onitsha*』에서 어린 시절에 경험했던 아프리카와의 만남을 떠올리고, 아프리카가 차지하는 중요성을 이미 암시한 바 있다. 그러나 이번에는 허구 형식이 아니라 일인칭 서술자의 목소리가 글의 내용을 온전히 작가 자신의 현실로서 떠맡는 자전적 형식을 띤다는 점에서 새로운 의미가 있다.

동시에, 이 책은 십여 년 전에 작고한 아버지의 삶의 궤적을 되밟으면서 그의 삶과 가치를 재구성하는 전기가 절반 이상을 차지하는 독특한 양상을 띤다. 메르퀴르 드 프랑스 출판사가 사진이 삽입된 자전적 책들의 출판을 기획하고 그 새로운 총서의 첫 장을 열어달라고 그에게 요청하자, 르 클레지오는 역설적으로 1920년대에서 40년대 사이 아버지가 직접 찍은 오백여 장이 넘는 아프리카 사진들을 떠올렸다. 이 사진들은 아프리카에서 이십여 년 이상의 긴 세월을 보낸 아버지의 삶의 기록인 동시에 아프리카에 대한 그의 희망과 열정, 고독과 비탄 그리고 절망을 표현하는 내밀한 일기나 마찬가지였다. 작가는 아버지의 사진을 바라보며 그의 삶의 순간들을 채웠을 생각과 느낌들을 자기 자신의 상상세계의 리얼리티 속에서 되살린다. 이것은 세계를 바라보는 아버지의 친밀한 시선과 작가의 것이 서로 닮아 있음을 확인하는 시도라 할 수 있다. 그는 어린 시절 아프리카 사바나를 향해 질주해가던 자신의 분방하고 위험스럽기까지 한 자유를 회고하는 바로 그 서정적이고 감동적인 어조로, 뜨거운 햇살 아래 광활한 아프리카 고원지대를 횡단하는 아버지의 모험을 그린다. 특히 아버지가 빅토리아 만에 첫발을 디디면서 찍은 사진을 묘사할 때, 우리는 작가 자신이 그 사진 속에 들어가 아버지의 위치에 서 있는 듯한 착각마저 갖게 된다. 그러나 아버지가 남긴 낡은 사진과 그것을 찍을 때 느꼈을 감격에 대한 아들의 묘사 사이에는 엄연한 간극이 존재한다. 아들이 아버지와 일체가 되는 것은 바로 자신의 상상세계 속이며, 자서전과 전기의 성격이 이 책 속에 어우러질 수 있는 가능성의 비밀은 바로 아프리카가 그들 모두에게 주었던 공통된 혜택 속에 있다. 아들에 의해 그려진 초상화 속의 아버지가 '아프리카인'인 만큼, 아들이 상상하는 자화상 또한 아프리카의 흔적들을 지니고 있다.

이처럼 전기적 요소를 다분히 내포하는 외양상의 특징에도 불구하고 이 책이 전반적으로 자전적인 인상을 준다면, 거기에는 아버지에 대한 작가의 의도적인 동일시가 작용하기 때문일 것이다. 르 클레지오는 아버지와 가치들을 전적으로 공유한다. 서구 과학기술과 물질주의의 허영에 대한 불신, 권위주의에 대한 반항과 자존심, 식민주의자들의 부당한 차별과 착취 그리고 이후의 위선적이면서도 무책임한 방기에 대한 분노, 아프리카에서의 경제적 이권을 둘러싼 서구 국가들의 가장된, 비열한 정치적 술수에 대한 날카로운 비판, 그리고 무엇보다 다른 세계를 향한 모험심…… 그는 아프리카의 안타까운 현실에 대해 증언하면서 매번 아버지의 시선 속으로 돌아와 그를 통해 느낀다. 그러나 보편적 인류애의 표명이라 할 수 있을 그 모든 것들에 대한 그의 어조는 담담하기만 하다. 마치 과장되거나 위선적인 감정을 경계하고, 장식 없는 사물의 본래 모습과 내밀하게 교감하며, 사물의 본성을 존중하는, 아프리카가 아버지에게 심어준 엄격한 존재 양식을 닮기라도 하듯.

아버지에 대한 그의 동일시는 매우 신중하고 은밀하다. 거기에는 어떤 판단도 해석도 유보하려는 노력이 역력하다. 그가 이 책에서 실현하고자 하는 것은, 오랜 세월 고독과 전쟁의 불안으로 피폐해져 결국 "인생과 열정에서 추방되어 이방인이 되어버린 늙은 잔존자"의 모습으로 전락해버린 아버지의 안타까운 삶과 명예를 오직 자신의 상상력을 통해 복원하는 것이다. 이를 위해 그는 먼저 그 자신이 아프리카로부터 받은 혜택들, 살아 있음을 온몸으로 느끼게 해준 아프리카의 자유를 생생하게 기억해냄으로써, 아버지가 누렸을 자유와 행복을 되살리는 상상적 공간을 연다. 그리고 그가 나치 치하에서 전쟁의 폭력을 겪는 동안 아버지가 아프리카 오지에서 고립된 채 겪었을 또다른 모습의 아프리카와의 고독한 전쟁, 그 치명적인 질병들과의 전쟁을 떠올린다. 삶과 젊음의 생동, 그리고 질병과 죽음의 폭력이 공존하면서 선명하게 대립되는 아프리카의 두 얼굴을 병치시킴으로써, 그는 아버지의 존재 전체에 아프리카가 결정적으로 새겨놓은 지울 수 없는 흔적들을 이해하게 된다. 이것은 자신을 너무도 아프고 힘들게 했던 부정적인 측면까지 포함한 아버지의 모든 것을 인정함으로써, 작가가 자신의 존재를 구성하는 바탕으로서 아버지를 인정하는 것을 의미한다. 그가 서문에서 밝히듯이 "얼굴, 태도, 삶의 양식이나 기벽뿐 아니라 그들의 허망한 꿈, 희망, 손과 발가락 모양, 눈과 머리카락의 색깔, 말투, 생각, 그리고 어쩌면 죽게 될 나이까지도 포함한" 아버지의 "모든 것이" 그 자신의 존재를 통과했고 자신 안에 흔적을 남겼다는 사실을 마침내 그는 깨달았다. 이것은 그토록 가혹하기만 하던 아버지의 엄격한 행동이 사실은 자유와 폭력이 공존하는 아프리카의 유산이었으며, 바로 그것이 자신의 상상세계의 건강한 지지 기반이 되고 있음을 확인시켜준다.

르 클레지오가 이 책을 쓰는 데 투여한 시간은 불과 두 달 남짓이었다. 꽤 오랜 세월 두려움과 반항의 대상으로 남아 있었던 아버지의 진실을 이해하게 되면서 품게 된 연민과 존경심이 어떤 죄책감과 안타까움 속에서 마침내 표현될 기회만을 기다리고 있었던 것이다. 이렇듯 『아프리카인』은 아버지에게 경의를 표하고, 작가 자신의 상상세계 중심에 아버지의 묘비를 세운다. 『아프리카인』의 모호한 자전적 성격은 아버지의 삶의 흔적을 작가 자신의 존재 속에 통합시키려는 노력에 의해 정당화될 수 있을 것이다.

두 아프리카인의 결혼 : 창조행위의 원형

성인이 된 그는, 아버지가 했던 것처럼 다른 세상 속으로, 라틴 아메리카로 떠났다. 그곳에서 그는 삶의 방식, 세계와 예술에 대한 생각들, 다른 사람들과 함께 존재하는 방식, 걷고 먹고 잠자고 사랑하는 방식, 그리고 꿈꾸는 것에 이르기까지 모든 면에서 총체적인 변화를 겪었고, 그 과정을 통해 아버지를 새롭게 바라볼 수 있게 되었다. 특히 파나마로의 여행은 그를 이해하는 데 결정적인 도움을 주었던 것 같다. 그 덕택으로, 그는 오랜 아프리카 생활의 흔적을 고스란히 간직하는 일상용품들에서 사소한 생활습관에 이르기까지, 아프리카의 비와 바람과 태양의 흔적들을 그토록 소중하게 간직하는 아버지야말로 진정한 "아프리카인"이라는 사실을 깨닫는다. 아프리카는 아버지에게 육체와 정신과 감정의 총체적인 자유를 주었고, 자연과의 내밀하고도 강렬한 접촉을 통해 그것을 온 몸으로 실감하고 열정적으로 실현하는 행복을 허락해주었다. 그리고 그 대륙은 아버지에게 삶의 우연이 그의 가슴에서 송 두리째 뽑아버린, 영원히 되돌아갈 수 없게 된 고향의 섬, 그 본원의 땅과 잃어버린 순수한 무엇을 되찾으리라는 열망을 불어넣었다. 아프리카는 아버지를 입양한 마음의 고향이었 다. 마찬가지로 작가 자신의 상상세계가 끊임없이 도달하려 하는 곳은 다름 아닌 "아프리카", 그의 "유년기의 추억", 다시 말해 그의 존재를 결정짓는 것들이 뿌리내린 원천이다. 그에 게도 아프리카는 아버지의 은퇴를 계기로 그 대륙을 떠나면 서 함께 상실해버린 자유와 가공되지 않은 자연의 부글거리 는 에너지를 꿈꾸면서 상상해낸 어머니이자 그의 상상세계의 원초적 근원이다.

그는 아프리카와 아버지의 유품들에 대한 그의 애착이 '이 국적'이라는 형용사로 수식되기를 거부한다. 그에 따르면, '이국적'이라는 표현은 합리주의적 사고방식을 마치 보편적 가치에 이르는 유일한 길인 것처럼 취급하는 서구 중심적 사 고의 유산에 지나지 않는다. 서구인들은 합리적 이성으로 침 투할 수 없는 다른 세계를 '이국적'이라는 미명하에 진리의 변두리로, 신비의 암흑 속으로 추방시켜버렸다. 그리고 이국적 정취는 이제 낭만적 허울을 쓴 예술적 취향이라는 명분 아래 아프리카의 예술품들을 거래 대상으로 삼으면서 생명 없는 죽은 껍데기로 전락시키고 있다. 그러나 아버지의 유품들은 아들 자신의 "아프리카적인 측면을 구성"하고 "삶을 연장"하며, 어떤 의미로는 바로 그 자신의 존재 근원을 설명하기까지 한다. 그것들은 그가 삶을 시작하기 이전, 아버지와 어머니가 그곳에서 함께 살았던 행복했던 시절에 대해 얘기해준다. 아프리카는 그의 탄생의 근원이다.

아프리카에 대해 그가 느끼는 끈은 단순히 향수라는 표현으로 설명될 수 있는 감정도 아니다. 아프리카인들처럼, 르 클레지오는 진정한 고향은 자신이 태어난 곳이 아니라 자신이 수태된 고장이라고 믿는다. 그는 자신이 잉태되던 그 순간에 아버지와 어머니의 몸 속에서 끓어오르던 아프리카의 에너지를 자신의 몸 속에서 직관적으로 감지한다. 뿐만 아니라 그의 직관은 자신이 수태되던 순간을 선행하는, "아프리카의 기억 속에 존재하는 모든 것을 포착한다". 그것은 "관념적인 모호한 기억이 아니며" 그 자신의 기억만으로 이루어진 것은 더더욱 아니다. 그것은 아버지와 어머니가 함께 거닐던 그 시절의 행복한 기억뿐만 아니라, 고원지대와 마을들의 이미지, 노인들의 얼굴, 이질로 초췌해진 아이들의 퀭한 눈, 그 모든 몸들과의 접촉, 그들의 살갗 냄새, 신음 소리, 그들의 희망과 고통까지 아버지가 몸과 영혼을 바쳐 사랑한 아프리카의 모든 기억을 포함한다. 그 감각적인 기억들을 르 클레지오는 놀라울 정도로 생생하고 정확하게 몸으로 기억한다. 그것들은 정신보다 육체가 더욱 생생하게 기억하고 있는 감각적 실체이며, 닳아빠진 일상언어로는 접근 불가능한 원초적이고 신화적인 성격을 띤다. 그 기억은 아주 얇은 막 같은 것으로 현재와 분리된 채 자신의 내면에 존재하고 있어 그의 존재 안에 밀착되어 있지만 너무도 아득한 세계이기도 하다. 그것은 결코 허구가 아니다. 그것은 그의 감각들을 구성하는 실체이며 그의 생애의 "가장 논리적인 부분"을 이루고 있다. 육체가 사물과 직접적으로 맺는 내밀한 접촉이 그 자체로서 그의 존재에 하나의 의미가 되는 순간들은, 실재로부터 분리된 서구 기술문명 사회가 겪도록 강요하는 부조리한 삶과는 다르다. 그러나 그 실재와 결합하기 위해 내면으로 침잠하여 그 세계를 분리시키는 막을 찢으려는 행위는 광기로 빠져드는 위험스런 행위이다. 바로 여기에 소설가 르 클레지오의 문학적 소명이 있다. 즉, 육체에 기입된 물질적 감각적 기억들이 그의 내면에서 일깨우는 신화와 전설에 주의를 기울이고, 그것을 소설적 글쓰기의 기반으로 삼는 것이다.

르 클레지오의 글쓰기 여정은 아프리카와 함께 시작되었고, 아프리카를 바탕으로 시작되었다. 생전 보지도 못한 아버지를 만나기 위해 떠난 낯선 곳으로의 기나긴 항해는 그에게 어떤 결정적인 떠남을, 어떤 결정적인 출발을 의미했다. 그의 인생은 크게 "아프리카 이전과 이후"로 나뉜다. 아버지의 지시에 따라 길게 기르던 "머리카락을 자르고"(매우 상징적인 의미를 지니는 행위이다) 아프리카의 강렬한 태양을 견디며 그는 남성의 세계 속으로, 아버지의 법질서 속으로 들어갔다. 자신을 어머니와 함께 아버지 곁으로 데려가는 배의 선실에서, 놀랍게도 어린 장 마리는 소설을 썼다. 『긴 여행 *Un long voyage*』, 『검은 오라디 *Oradi noir*』. 아프리카에 발을 내딛기도 전에 이미 열대의 뜨거운 바람을 타고 불어오는 아프리카의 아득한 전설이 그의 뇌리를 자극했던 것일까?

상상세계로의 여행은 아프리카에서 사는 동안에도 계속되었다. "집 앞으로 펼쳐지는 광막한 초원은 바다처럼 넓었고, 시멘트 테라스 위로 세워진 오두막은 항해하는 뗏목의 조종실" 같았으며, 오고자에서의 삶은 마치 "배를 타고 두 세계 사이를 떠가는 끝없는 항해와도 같았다". 그는 그 초원-바다를 항해하며 신화를 지었다. "오후에 어머니와 산수공부를 마치고 나면, 나는 시멘트 테라스에 가서 하얗게 타오르는 하늘 가마를 마주보고 앉는다. 진흙으로 빚은 신들의 모형을 태양에 굽기 위해서다. 그것들 각각의 이름과 들어올린 팔과 표정들을 나는 기억한다. 천둥 신 알라시, 은구, 어머니 여신 에케 이피테, 심술쟁이 아구. 내가 기억하고 있는 것보다 훨씬 더 많다. 매일 나는 새로운 이름을 짓는다. 그것들은 나를 보호하고 하느님 앞에서 나를 변호해줄 내 정령들이다." 신화의 세계를 지어내는 어린아이의 상상세계 속에서 벌을 내리는 두려운 하느님의 존재는 다름 아닌 아버지의 권위를 상징한다. 그렇다면 자신을 지켜줄 수호신을 만드는 신화적 상상세계로의 항해는 아버지의 지나친 권위에 대한 도피라고 할 수 있을까? 혹은 그에 대한 반항이라고 할 수 있을까? 그러나 그러한 수호신들을 상상하도록 부추긴 원동력은 바로 아버지, 그가 차후에 알아본 그 엄격한 아프리카인 아버지가 아닌가?

아프리카는 그의 상상세계를 잉태하고 젖을 준 상상의 어머니이며 그의 상상세계와 혼연일체가 되어 그 자신과 결코 분리될 수 없는 듯 보인다. 그러나 그것은 결코 장 마리를 언어의 세계, 아버지의 법질서 밖으로 유인하지는 않았다. 아프리카는 프랑스 할머니에 의해 지배되는 나약하고 부드럽기만 하던 여성의 체제에서 은폐되었던 육체의 본능과 자유를 그에게 되돌려주었다. 그가 한낮에 누릴 수 있었던 야생에 가까운 자유는 때로는 죽음의 경계를 허물지도 모를 위험을 내포했다. 그러나 그것은 아침저녁으로 아버지에 의해 요구되던 엄격한 규율의 대가로 얻어진 것이었다. 그가 아쉬움에 찬 어조로 고백했듯이, 아프리카는 그에게 육체와 정신의 진정한 자유를 알게 해주었지만 또한 어린 장 마리를 자상하게 보듬어줄 아버지를 앗아갔다. 그러나 아버지는 무절제하고 무제한적인, 따라서 극도로 위험하고 폭력적일 수 있는 아프리카라는 이름으로 불리는 다른 세계의 중심에 우뚝 서 있었다. 그러한 엄격한 권위 아래 청소년기의 고통스런 터널을 빠져나왔을 때, 그는 더욱 "단단해져" 있었다. 아버지는 장 마리의 상상세계인 아프리카 속에 법을 세운 "아프리카인"이었다. 내면에 살아 있는 신화적 요소들에 대한 감각적인 직관은 곧 자기 자신의 탐구에 직결된다. 문학을 통한 내적 탐구가 경계를 모르는 상상계 너머의 세계로 함몰될 위험을 피하고 굳건한 창작으로 이어질 수 있었던 것은 바로 아버지에 의한 아프리카 법의 개입 덕택이 아닐까.

르 클레지오는 1963년 『조서』를 발표한 이래 사십여 년의 긴 세월 동안 소설, 에세이, 단편집, 번역 등 다양한 분야에 걸쳐 삼십여 권의 책을 출판했다. 그 동안 그는 근원으로의 회귀

를 끈질기게 추구해왔다. 『아프리카인』을 읽고 난 다음, 우리
는 그의 그러한 창조적 여정은 의식적으로 형성된 문학적 신
념이기 이전에, 더욱 근본적으로 그 자신의 존재가 잉태되던
순간에 부글거리던 창조 에너지에 의해 추동된 것이며, 그 마
그마는 그의 육체가 직감하는 어떤 실체적인 힘으로서 그의
상상작용의 원동력이 된다고 할 수 있다. 아프리카는 법질서
를 세운 엄격한 아버지나 그의 몽상이 만들어낸 상상의 어머
니 어느 한 편만을 떠올리는 이름이 아니다. 르 클레지오에게
아프리카는 또한 그를 낳아준 두 사람의 행복한 결혼이 실현
된 장소이자 그의 탄생의 신화적인 장소이다. 바로 거기에 그
의 문학적 창조행위의 원형이 있다.

2005년 5월

최애영

| 사진 설명 |

※ 사진과 지도는 모두 작가 개인 자료임.

(오른쪽 숫자는 본문의 쪽수)

지은이 **J. M. G. 르 클레지오**
'현대 프랑스 문단의 살아 있는 신화' '살아 있는 가장 위대한 프랑스 작가'로 일컬어
지는 작가. 1963년 스물셋의 나이에 첫 작품 『조서』로 프랑스의 권위 있는 문학상인
르노도 상을 수상하며 화려하게 데뷔했다. 1980년 『사막』으로 아카데미 프랑세즈가
수여하는 폴 모랑 문학대상을 수상했고, 2008년 노벨문학상을 수상했다.

옮긴이 **최애영**
서울대학교 불어불문학과와 동대학원을 졸업하고, 파리 8대학에서 불문학 박사학위
를 받았다. 저서로 『Le Voyeur à l'écoute』, 역서로 『엿보는 자』 『충격과 교감』 『꿈』,
이인성의 『낯선 시간 속으로』, 정영문의 『검은 이야기 사슬』(불역) 등이 있으며, 현재
고려대학교 민족문화연구원에서 연구교수로 재직중이다.

문학동네 세계문학
아프리카인

1판 1쇄 2005년 5월 20일 | 1판 4쇄 2013년 1월 21일

지은이 J. M. G. 르 클레지오 | 옮긴이 최애영 | 펴낸이 강병선
책임편집 김지연 김미정 | 디자인 박진범 홍선화 | 저작권 한문숙 박혜연 김지영
마케팅 정민호 김도윤 박보람 | 온라인 마케팅 김희숙 김상만 이원주 한수진
제작 서동관 김애진 임현식 | 제작처 (주)상지사 P&B

펴낸곳 (주)문학동네
출판등록 1993년 10월 22일 제406-2003-000045호
주소 413-756 경기도 파주시 문발동 파주출판도시 513-8
전자우편 editor@munhak.com | 대표전화 031) 955-8888 | 팩스 031) 955-8855
문의전화 031) 955-3576(마케팅) 031) 955-8860(편집)
문학동네카페 http://cafe.naver.com/mhdn

ISBN 89-8281-989-4 03860

www.munhak.com

라가 윤미연 옮김

문학을 통해 여러 문명의 소통과 공존을 모색하는 여행 에세이

비밀과 비극이 공존하는 작은 섬 라가에 르 클레지오의 시선이 머물다. 남태평양의 실태 보고서이자 열정적인 민족학 강의, 인류 관계에 대한 장엄한 명상록.

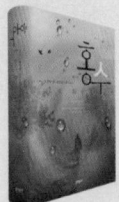

홍수 신미경 옮김

청년 르 클레지오의 패기가 넘치는 폭풍우와도 같은 소설

숨겨진 진실을 찾아 도시를 방황하는 반(反) 영웅 프랑수아 베송. 현대 도시문명을 응시하는 그의 예지자적 시선과 필사의 투쟁을 묵시록적 언어로 그려낸 아름답고도 장대한 서사시.

허기의 간주곡 윤미연 옮김

거장이 어머니에게 바치는 한 여인의 아름다운 초상

외롭고 조숙했던 소녀에서 강인한 여인으로 성장하는 어머니의 이야기를 통해 르 클레지오라는 한 인간을 이루는 세계의 근원과 그에 대한 애정을 보여주는 작품.

황금 물고기 최수철 옮김

출간되자마자 프랑스에서 베스트셀러 1위에 오른 소설

프랑스 문단의 살아 있는 신화 르 클레지오가 빚어낸 한 소녀의 눈부신 성장기. 신성의 언어를 아름답게 흩뿌려놓는 작가라는 탄성을 자아낸 작품.